중년에치노

아름다운 중년

중년예찬

나무
발전소

아름다운 중년

중년예찬

청춘은 아름답다. 그 이름만 들어도 가슴이 두근거리며 희망과
열정, 그리고 용기가 샘솟는다. 이 시기에는 세상의 모든 것이 가능하
며 거리낄 것이 없다. 그 누가 뭐라고 해도 진정한 인생의 황금기는 청
춘의 시기이다. 중년을 넘어서면 한창일 때에 비해 몸이 많이 쇠락하
고, 열정이나 용기도 많이 줄어들기 마련이다. 그러나 중년은 나름의
아름다움과 멋을 지니고 있다. 희끗해진 머리카락만큼, 늘어난 주름
만큼 인생을 다양하게 경험했기 때문에 청춘이 가지지 못한 의젓함과
원숙함이 있고 여유로운 멋이 풍겨 나온다. 온화하며 내면적으로 성
숙한 아름다움을 지니고 있다. 인생도 더욱 깊어져 있다.

청춘이 꽃피는 봄이라면,

 중년은 열매 맺는 가을이다.

청춘이 현란한 색상과 화려한 자태의 서양난이라면,

중년은 은은한 방향과 기품 있는 자태를 지닌 동양난이라 할 수 있다.

청춘이 맑지만 날선 소리를 내는 바이올린이라면,

중년은 둔탁하지만 부드럽고 중후한 음을 선사하는 첼로이다.

청춘이 밝고 경쾌한 모차르트 음악이라면,

중년은 장엄하고 중후한 매력이 넘치는 베토벤 음악이라 할 것이다.

청춘이 검푸른 파도가 넘실거리는 망망대해라면

중년은 솔밭사이로 잔잔히 흐른은 강물이다.

청춘이 화려하면서도 활기 넘치는

청담동 거리나 압구정 로데오 거리라면

중년은 호젓하고 운치 있는

덕수궁 돌담길이나 한옥 마을길이라 할 것이다.

청춘이 동쪽 하늘을 물들이며 떠오르는 여명의 빛이라면,

중년은 서쪽 하늘로 넘어가는 아름다운 낙조라 할 것이다.

청춘이 뜨겁게 타오르는 태양이라면,

중년은 어슴푸레 빛을 발하는 달과 별이라 할 것이다.

인생의 여정을 시간대별로 구분하면 크게 유아 · 소년기, 청년
기, 중 · 장년기, 노년기로 나눌 수 있다. 국어사전에는 청춘을 20대

전후, 중년을 40대에서 50대 초반까지의 연령층에 속한 사람이라고 정의되어 있다. 그런데 최근 사람의 수명이 크게 늘어나면서 이 연령대 기준이 상당부분 달라져야 한다는 데 대다수의 사람들이 공감하고 있으며, 실제로도 중년의 폭이 넓어졌다. 중국 당나라의 시성 두보杜甫는 〈곡강시曲江詩〉에서 '인생 칠십 고래희人生七十古來稀'라고 노래했다. 두보의 말처럼 당시만 해도 사람이 70세까지 사는 경우는 매우 드물었다. 그러나 요즘은 평균수명이 이미 80세를 넘어섰고, 날이 갈수록 사람의 수명은 더 늘어날 것으로 예상된다. 그래서 청춘과 중년의 생애주기가 이전과는 꽤 달라진 것이다. 이제는 40대까지도 청춘의 시기라 할 수 있으며, 적어도 나이가 50대를 넘어 60대 중반 정도까지를 중년이라 일컫는다. 이 책에서 일컫는 '중년'도 그러하다. 6·25전쟁 전후 태어난 사람들과 베이비부머 세대, 소위 7080세대가 이 책에서 지칭하는 '중년'이다.

우리나라의 중년은 유달리 자부심이 강하다. 지금의 대한민국을 만드는 데 그들이 주도적인 역할을 해왔기 때문이다. 7080세대는 우리 현대사에서 민주화와 산업화를 동시에 일구어낸 주역들이다. 6·25 전쟁이 끝난 뒤 우리에게 남겨진 것은 아무것도 없었다. 게다가 베이비부머라는 시대적 조류를 타고 식솔들까지 대책 없이 늘어났다. 그대로 있다가는 굶어죽기 십상이었다. 솔직히 당시는 우리 경제를 살리겠다는 거창한 국가관보다도 당장 굶지 않기 위해 무엇이든 열심히 했다. 정말 밤낮없이 몸 바쳐 일한 결과 우리는 오늘날 세계 13대 경제대국이 되었다.

　반면, 민주화는 이러한 조속한 근대화의 명분 아래 그 우선순위가 뒤처져 있었다. 많은 국민들은 그럴 수밖에 없다고 체념하며 살아왔다. 그러나 지금의 중년들은 산업화 못지않게 민주화가 중요하며 산업화의 생명이 오래 지속되기 위해서는 민주화가 반드시 병행되어야 한다는 신념을 가지고 있었다. 그러기에 당시의 적지 않은 젊은이들이 민주화를 위해 자신의 모든 것을 희생하기도 했다. 그들 덕분에 우리 모두는 1980년대 후반 민주화를 쟁취할 수 있었다. 또 비록 우리가 산업화시대에는 한발 뒤쳐졌지만, 정보화시대를 열어가는 데는 뒤처질 수 없다는 신념 아래 최선을 다했다. 그 결과 이제 우리는 IT산업과 인터넷강국이 되었다. 이와 같이 지금의 중년층이 주축이 된 기성세대들이 젊은 시절 가정과 나라를 위해 바쁜 세월을 보내었기에 민주화, 산업화, 정보화를 동시에 일궈낼 수 있었다.

　하지만 정작 그들 자신의 삶을 돌볼 틈은 없었다. 그래서 이제 몸과 마음이 많이 지쳐 있다. 그들 중에는 변화된 세상에 제대로 적응하지 못한 채 방황하는 이들도 적지 않다. 또한 중년들은 사이에 낀 세대로서의 회한을 가진 채 살아가고 있다. 그들은 늘어난 수명 탓에 본인만큼이나 건강한 부모님을 봉양하며 살아가야 할 처지에 놓여 있다. 연로한 노인들이 살아계시니 아직도 집안의 어른으로 대접받기가 어렵다. 게다가 자식들한테도 말발이 잘 서지 않는다. 오히려 말이 안

통하고 세상이 바뀐 걸 모르는 구닥다리로 여겨지기도 한다. 그러나 그들은 안분지족安分知足의 현인마냥 여전히 자신의 자리를 묵묵히 지키며 살아가고 있다. 그것이 자신에게 주어진 운명이자 감당해야 할 인생의 무게라고 생각하면서, 아니 오히려 그것이 행복이라고 생각하면서 말이다.

중년들은 이제 인생의 절반 이상을 보내었기에 앞으로 주어진 시간이 그리 많지 않다. 그들은 지나온 인생의 전반기 동안 너무나 큰 인생의 무게를 감당해 왔다. 심신이 많이 지쳐 있기에 이제는 좀 누리며 살아야 한다. 이를 위해서는 남은 시간들에 대한 설계가 제대로 되어 있어야 한다. 이 설계도의 가장 밑바탕이 되는 그림이 다름 아닌 탄탄한 경제력이라는 데는 이견이 없을 것이다. 그리고 건강이 무엇보다 중요하다는 것은 두말할 필요도 없다. 건강을 잃으면 모든 것들이 의미가 없어지기 때문이다. 또한 주변 사람들과 원만한 관계를 유지하며 잘 어울려 살 줄 알아야 한다. 특히 부부간의 사랑과 신뢰가 중요하다. 여기에 적절한 취미생활을 더하면 삶에 윤기가 흐를 것이며, 건전한 종교생활도 삶을 풍성하게 만들어줄 것이다. 중년들이여, 지금 남은 삶을 즐기며 아름답게 살아갈 준비가 제대로 잘 되어 있나요?

2014년 가을을 맞이하며

이 철 환

차례

4장

미완의 과제, 후세대에게 숙제로 남기다

5장

새로운 시작, 행복한 남은 삶을 위하여

1장

가버린 시절,
아름다운 추억으로 남다

어렵고 가난했던
날들의 풍경

　　지금의 중년들이 어린 시절과 학창시절을 보냈던 기간은 1960년
대 중반부터 1970년대 사이다. 당시의 국제상황은 치열하던 베트남전
쟁이 종료될 무렵으로, 자유진영과 공산진영간의 냉전이 점차 와해되
면서 해빙의 분위기가 무르익어 가던 시기였다. 그러나 우리는 여전
히 북한과의 대치국면이 지속되고 있었다. 때문에 투철한 반공정신과
전체주의 사고방식이 강조되었다. 이러한 상황에서도 어렵기만 하던
경제생활이 눈에 띄게 나아지고 있었다.

　　중년들의 어린 시절에는 모든 것이 힘들었다. 하루 세끼를 때운
다는 게 그리 쉬운 일이 아니었고, 입고 사는 모습도 꾀죄죄한 것이 볼
품이 없었다. 주거환경도 불결하고 열악했으며, 핵가족시대가 도래하

기 전이라 가족들이 옹기종기 함께 모여 살았다. 자식은 재산이어서 많을수록 좋다는 생각을 가지고 있었는데, 이렇게 형제들이 많다 보니 자연히 다투는 일도 잦았다. 형제 중 공부를 잘하는 한두 명은 상급학교 진학을 위해 도시로 떠나갔으나, 나머지는 고향에 남아 농사 등 집안일을 도우며 살아갔다. 엄격한 가부장제도로 아버지의 위세가 막강하여 아버지의 불호령이라도 떨어지는 날이면 집안 전체는 완전히 공포 분위기가 되었다. 결혼은 맞선을 보아 일찌감치 하는 조혼풍습이 흔했다.

그중에서도 가장 힘들었던 것은 먹고사는 문제였다. 1960년대 중반, 제1차 경제개발계획이 성공을 거두면서 가까스로 보릿고개를 넘어섰다. 학교에서는 끼니를 굶는 학생들에게 옥수수 빵을 무료로 나누어 주었다. 이후 시중에 버터빵이 나왔는데, 당시에는 그 맛이 얼마나 좋았던지 쉬는 시간이면 학교 매점에 버터빵을 사기 위해 길게 줄을 늘어서기도 했다. 얼마 후 라면이 등장하자 학생들은 라면의 닭고기 스프 국물 맛에 매료되어 갔다. 그러면서 학교 부근에 분식점이 하나둘씩 들어섰다.

당시 기호식품으로 인기있던 것은 엿이었다. 울릉도 호박엿이 인기 선물세트 1~2위를 다툴 정도였다. 그러나 서서히 엿장수들이 자취를 감추기 시작했고, 곧이어 번데기 장수들이 등장했다. 거리에는 '거리빵'이라 불리던 국화빵 장수도 많았다. 이들은 호떡 장수와 함께 우리의 입맛을 사로잡았다. 겨울이 되면 길거리에 군고구마 장수와 군밤 장수가 진을 쳤다. 명동과 종로거리 등 목이 좋은 곳에 자리 잡은 이들은 웬만한 월급쟁이는 저리 가라 할 정도로 고수익을 올렸다. 또 겨울밤이면 찹쌀떡 장수들이 출출한 배를 채워 주었다. 이들은 야간 통행금지 시간 이전에 장사를 끝내야 했기에 늘 시간에 쫓겨 다녔다. 골목골목을 누비며 외쳐대는 그 비장함 섞인 유별난 쇼리에 졸음이 가시기도 했다. "찹쌀떡 사려, 찹쌀떠억~~."

술은 막걸리가 대세였다. 막걸리 양조장집 딸은 떡 방앗간집 딸과 함께 결혼시장에서 상종가를 쳤다. 그러다 경제사정이 다소 나아지면서부터 막걸리 수요가 줄어들고 대신 소주가 국민의 술로 부상하기 시작했다. 각 지방마다 소주회사가 우후죽순처럼 생겨났고, 이후 통기타 문화가 확산되면서 맥주가 젊음의 술로 급부상했다. 다만 좀더 고급스러운 분위기를 연출할 때는 애플와인 파라다이스를 찾았다.

기찻길 옆 오막살이. 한밤중에도 지나가는 기차의 기적소리에 놀라 잠을 깨야만 했던 시절이었다. 그러다 보니 애꿎게 아이들만 하나둘 늘어나고, 안 그래도 먹을 것이 없어 고민하던 집안에 아이들이 넘치다 보니 걱정이 태산이었다. 별수 없이 아이들은 하나씩 남의 집에 품을 팔러 혹은 입양되어 가족 곁을 떠나야만 했다. 당시의 주거형태는 대부분 한두 칸짜리 판잣집이었으며, 아직도 피난살이 수준을 면치 못한 상태였다.

6·25전쟁 중 미국 군함이 처음 부산항에 도착했을 때의 일이다. 미군이 도착한 시각은 밤이었다. 그들은 놀랐다. 분명히 못사는 나라라고 들었는데 고층빌딩이 꽉 들어차 있는 것이 아닌가! 그러나 다음 날 아침, 그들은 한 번 더 놀랐다. 자신의 눈을 의심했다. 어젯밤 보았던 고층빌딩은 어디로 다 사라져버리고, 언덕에 초라한 판잣집들만이 옹기종기 들어차 있었기 때문이다. 그들은 비탈진 언덕바지의 빈민촌, 소위 달동네에 불 켜진 모습을 고층빌딩으로 오해했던 것이다.

판잣집은 새마을사업을 거치면서 슬레이트 지붕으로 개량되었고, 얼마 후에는 2층 양옥집으로 바뀌었다. 강남이 개발되면서부터는 아파트가 새로운 주택개념으로 완전히 정착되었다. 물은 동네 공동우물에서 길어다 먹었는데, 어깨에 지게를 메고 물을 길어 나르는 것은 여간 힘든 일이 아니었다. 집집마다 수도시설이 완비되고서야 이 고달픈 노역에서 벗어날 수 있었다.

난방시설은 나무땔감을 구해와서 아궁이에 군불을 지폈다. 온돌방의 따뜻한 아랫목을 차지하려고 형제들 간에 다툼이 벌어지기도 했다. 이후 연탄이 등장하여 우리나라 난방문화와 부엌은 획기적으로 바뀌었다. 연탄으로 난방을 하자 땔감나무 재로 인해 검댕이를 시꺼멓게 덮어써야만 했던 부엌은 깨끗한 공간으로 변했다. 그러나 연탄을 사용하는 데는 고충이 따랐다. 이 연탄을 나르는 것이 얼마나 고역인지를 지금의 중년들은 잘 안다. 특히 겨울이 다가오면 동장군을 이기기 위해서 리어카로 연탄을 수백 장씩 날라 헛간에 차곡차곡 쌓아 올려야 했다. 또 연탄불을 꺼트리지 않으려고 어머니들은 한밤중에 일어나 연탄을 갈아야 하는 수고를 마다하지 않았다. 만약 연탄불이 꺼지는 날이면 숯을 사다가 매캐한 연기를 마시며 불씨를 지펴야 했다. 연탄의 결정적인 문제점은 연탄가스 중독 사고였다. 연소가 제대로 안 되면 일산화탄소가 새어나와 호흡장애를 일으키고 심할 경우 목숨을 잃는다. 당시 신문지상에는 하루가 멀다 하고 연탄가스 사고 기사가 실렸다. 이후 다행히 보일러가 개발되었다. 처음에는 연탄보일러가 주종을 이루었지만, 부유한 집에서는 기름보일러로 바꾸었다.

조명시설은 호롱불과 촛불이 주로 사용되었다. 신기한 것은 이렇게 열악한 환경에서도 시력이 나쁜 사람들이 그리 많지 않았다는 점이다. 그러다 전기를 사용했는데, 촉수가 낮은 백열등 전구를 주로 사용하다가 얼마 후 더 밝고 전기료도 싼 형광등이 등장하여 백열등을 점차 대체해 나갔다. 처음에는 전기요금을 아끼기 위해 밤이 되면 온 가족이 한 방에 모여 생활하기도 했다. 전기가 대중화되면서 한국전력은 한국최대의 기업이 되었으며 젊은이들이 가장 선망하는 직장으로 떠올랐다.

1960년대의 위생상태는 불결했다. 오래된 목조건물에는 빈대들이 도사리고 있다가 사람들에게 달려들어 피를 빨아먹었고, 사람들의 몸과 머리털에는 이가 득시글거렸다. 가끔씩 학교에서 이 박멸제

기찻길 옆 오막살이.
한밤중에도 지나가는 기차의 기적소리에 놀라
잠을 깨야만 했던 시절이었다.
당시의 주거형태는 대부분 한두 칸짜리 판잣집이었으며,
아직도 피난살이 수준을 면치 못한 상태였다.

인 DDT를 나눠 주었다. 또 분기별로 한 번씩 회충약도 지급했는데, 회충약을 복용한 뒤에는 회충이 몇 마리나 나왔는지 선생님께 신고해야 했다. 쥐잡기운동도 한창이었다. 쥐를 잡기 위해 고양이를 길렀고, 쥐가 자주 오갈 만한 곳에는 쥐잡이틀을 설치하거나 쥐약을 놓아두었다. 그리고 쥐를 몇 마리나 잡았는지 확인받기 위해 쥐꼬리를 잘라다가 학교에 제출했다.

천장에 주렁주렁 매달려 있는 메주들이 발효할 때는 고약한 냄새가 집안에 진동했다. 장독대에 있는 크고 작은 된장, 간장, 고추장 항아리에서는 계속 냄새가 풀풀 나왔다. 뒤뜰 텃밭에는 고추, 오이, 호박을 심어두었는데 가끔 인분을 비료로 주기도 해서 그럴 때는 코를 싸매야 했다.

1960년대 중반부터 라디오 보급이 상당히 확산되었다. 잡음이 찍찍거렸지만, 그래도 국민들은 커다란 진공관 라디오에 귀를 기울이며 김일 선수의 프로레슬링 중계를 들었고 목청을 높이며 응원했다. 이후 트랜지스터라디오가 보급되었으나 여전히 전파는 AM 방송이었다. 그 방송이라도 들을 수 있다는 것이 중년세대들에게는 큰 위안이었다. AM 방송전파를 통해 '한밤의 음악편지'를 들으며 낭만에 젖어들거나 꿈을 키워나갔다. 얼마 후 FM 방송이 개시되었고 전축도 보급되기 시작했다. 그러나 전축의 성능이 별로인데다 레코드도 해적판 LP앨범이어서 음악을 듣는 중간에 판이 통통 튀거나 찍찍거리며 잡음이 많았다. 당시 사랑을 받았던 레코드 가운데 하나는 청아한 목소리의 주인공 나나 무스꾸리 Nana Mouskouri 노래집이다. 그래도 전축은 젊은 이들에게 보물 같은 존재였으며, 전축이 있는 친구는 선망의 대상이었다. 점차 야외전축도 보급되어 친구들과 야외에 나가 전축에서 흘러나오는 〈프라우드 메리 Proud Mary〉에 맞추어 고고를 추며 몸을 흔들어대었다.

별다른 여흥과 오락이 없었기에 가장 인기 있는 소일거리는 영화관람이었다. 당시 극장가는 새 영화를 상영하는 개봉관, 한물 지난 영화들을 이어서 상영하는 변두리 재개봉관, 재개봉관조차 가기 어려운 사람들이 영화를 연달아 두 편이나 볼 수 있는 동시상영관이 있었다. 특히 설날, 추석 등 명절이나 연휴 때면 모든 극장 앞은 영화를 보러 온 인파로 장사진을 이루었다. 암표 장수까지 등장해 극성을 부리기도 했다.

흑백 TV가 우리나라에 처음 등장했을 때, 사람들은 과학기술의 발전에 놀라움을 금치 못했다. 어떻게 이 조그마한 네모상자에서 사람들이 나올 수가 있을까? 그때까지 TV가 있는 집은 극히 일부에 불과했다. 당시 인기를 모았던 드라마인 〈마부〉, 〈아씨〉, 〈여로〉 등이 방영되는 시각에는 온 동네 사람들이 TV가 있는 집으로 모여들었다. 다방에서는 TV를 설치하여 손님들을 끌어모았다. 그 시간에는 길거리에 개미새끼조차 보이지 않았을 정도였다. TV가 등장하자 서커스단이 사라졌다. 1980년대 들어 컬러 TV 프로가 방영되면서부터는 영화관이 심한 타격을 받았다.

1960년대 중반까지만 해도 전차가 운행되었다. 그러다 버스 보급이 점차 확대되면서 전차가 사라졌다. 버스는 콩나물시루 그 자체였다. 아침에 학교에 등교할 때, 버스 안에서 이리 밀리고 저리 차이면서 정신없이 시달리다 보면 수업을 받을 기분이 영 아니었다. 때로는 교복단추가 떨어져나갔다. 책가방 속의 도시락에서 국물이 쏟아져 책과 교복에 배어 큼큼한 냄새가 날 때도 있었다. 고급 좌석버스가 나오면서 이런 사정은 좀 나아졌으나, 점심시간에 버터빵 사 먹을 돈을 남기려면 좌석버스를 타느냐 입석버스를 타느냐 잔머리를 굴려야 했다. 당시 승용차는 매우 귀해서 외제 '코로나'와 '마크 4'가 가끔씩 눈에 띌 정도였다. 서민들에게는 자가용 승용차를 타고 강변도로를 달려보는 것이 가당치 않은 꿈일 뿐이었다.

자가용 승용차가 일반화되지 않았던 시절, 대표적인 데이트 장소는 고궁이나 남산이었다. 택시를 대절해 북악스카이웨이나 남산순환도로를 드라이브하는 것은 무척 특별한 이벤트였다. 당시는 자가용이 있다 해도 손수 운전을 하는 관행이 정착되지 않았다. 운전기술은 전문기술로 취급을 받았다. 그러다가 국산 '포니' 승용차가 선을 보이면서 서민들의 승용차 보유가 늘어나고 자가 운전이 점차 확산되어 갔다. 서울올림픽을 계기로 올림픽도로가 건설되면서 한국 제일의 드라이브 코스였던 강변도로는 그 빛이 상대적으로 바랬다.

해외여행은 1980년대 중반까지도 여의치 않았다. 달러가 부족했기 때문이었다. 흑자경제로 전환된 1980년대 후반부터 외환규제가 완화되었고, 이에 따라 해외여행도 점차 늘어났다. 어렵던 시절에도 유원지를 찾을 기회는 있었다. 학교 소풍 가기 전날 밤에는 행여 내일 비가 올까 걱정이 되어 잠을 이루지 못했다. 유원지 오르는 길목에는 온갖 잡상인들이 늘어서 있었다. 유원지의 모습은 춤 공연이라도 벌어진 것 같았다. 장구 장단에 맞춰 덩실덩실 춤을 추는 어르신들, 야외 전축 리듬과 함께 댄스파티를 벌이는 젊은이들, 단체관광객들은 확성기까지 동원해 고성을 질러댔다. 고스톱을 치는 무리들도 보였다. 점심때는 알뜰하게 가져온 김밥과 사이다를 풀어헤쳤다. 마지막 행사로 기념사진을 찍었다. 그 당시 유원지에는 반드시 전문 직업사진사들이 터를 잡고 있었다. 지금과는 달리 디지털 사진기는 물론이고 아날로그 사진기조차도 매우 귀한 시절이었기에….

학생들은 군복을 검은색으로 물들인 잠바를 자랑스레 입고 다녔는데, 이는 나중에 복고풍으로 젊은이들 사이에서 유행하는 패션이 되기도 했다. 군사훈련복인 교련복도 즐겨 입었다. 1970년대 초반부터 청바지가 젊은이들에게 사랑을 받으며 인기를 끌기 시작했고, 점차 기성세대들에게도 확산되어 갔다. 그러는 사이 청바지는 어느새 남녀노소를 불문하는 대중의 옷으로 자리 잡았다. 여성들의 옷차림은 월남치마를 거쳐 판탈롱바지와 미니스커트로 변모해 갔다. 신발은 우리나라 최고의 수출 품목이었던 덕분에 그래도 사정이 나았다. 왕자표, 기차표, 말표, 범표 신발 등 다양한 신발을 신을 수 있었다. 그래도 굳이 군화를 고집하며 신고 다니는 젊은이들이 심심찮게 눈에 띄었다. 학생교련 때문이었는지 아니면 돈이 궁해서 그랬는지 모를 일이지만 말이다. 한편 장발 차림이 유행했는데, 시대상황에 대한 저항의 성격도 있었다. 당시만 해도 이발소와 미장원은 엄격하게 구별되어, 남자는 반드시 이발소를 이용했다. 장발 풍조로 이발소 영업이 잘 되지 않자 미모를 갖춘 여자안마사를 고용해 퇴폐적인 행위를 벌이는 이발소가 등장해 지탄의 대상이 되기도 했다.

대중목욕탕은 상당히 인기 있는 직종이었다. 대중목욕탕 영업인가만 받으면 돈방석에 오를 정도로 손님들이 많았다. 일요일이 되면 아침 일찍 온 가족이 함께 대중목욕탕에 가서 때를 미는 것이 중요한 일과 중의 하나였다. 휴일이면 목욕탕은 언제나 사람들로 꽉 찼다. 그야말로 만원사례였다. 목욕탕에 가면 선생님도 만나고 평소 근엄하게만 느껴지던 이웃집 어르신도 서로 등을 밀어주는 사이가 되었다. 제때 물을 갈지 않아 욕탕에 때가 둥둥 떠다니는 모습 때문에 기분이 찜찜한 적이 많지만, 그러면서도 여전히 그 목욕탕을 다시 찾지 않을 수 없었다. 덕분에 때밀이 영업도 덩달아 호황을 누렸다. 신종 유망 직업으로까지 부상할 정도였다. 때밀이 영업을 하려면 권리금으로 웃돈을 얹어주어야 한다는 소문도 들렸다.

요즘 젊은이들로서는 상상하기 어렵겠지만, 이 모든 것들이 당시의 풍경이다. 지금의 중년들은 그래도 이 어려운 시기를 잘 견뎌냈다. 우리 후손들에게는 절대 이 가난을 대물림하지 않겠다는 굳은 각오로 몸 바쳐 일했고, 마침내 해냈다. 한강의 기적을 이루어낸 것이다. 지금 와서는 이 어렵고도 아픈 세월들을 좋은 추억으로 가슴에 간직하고 살아가고 있다. 그만큼 우리 살림살이도 나아졌고 여유가 생긴 덕분이리라.

잃어버린 시간을 찾아서

"우리가 알았던 장소들은 단지 우리가 편의상 배치한 공간의 세계에만 속하지 않는다. 그 장소들은 당시 우리 삶을 이루었던 여러 인접한 인상들 가운데 가느다란 한 편린에 지나지 않았다. 어떤 이미지에 대한 추억은 어느 한 순간에 대한 그리움일 뿐이다. 아, 집도 길도 거리도 세월처럼 덧없다!"

마르셀 프루스트 Marcel proust 의 〈잃어버린 시간을 찾아서〉는 특별한 줄거리나 사건 없이 단지 의식의 흐름에만 의존한 채 진행되는 소설이다. 총 7권으로 구성된 이 방대한 소설은 1인칭 주인공인 '나'가 느끼는 의식과 감각을 통해서 과거에 대한 회상과 추억을 통해 시간에 대한 본질을 찾아간다. 그는 우리가 현재 살아가면서 놓치고 있는 과거를 통해 삶이 주는 즐거움을 깨닫게 하려고 노력한다. 매우 난해한 작품이지만 중요한 것은 이 작품이 지향하는 점은 결코 과거가 아니라 현재와 미래라는 것이다.

당신에게 지나간 시간이 다시 주어진다면 그 시간을 얼마나 잘 활용할 수 있을까? 시간여행을 소재로 한 소설과 영화들이 그동안 다양하게 만들어진 것처럼 지금도, 앞으로도 계속해서 만들어질 것이다. 시간여행이란 그만큼 인간들의 로망이자 호기심을 자극하는 소재일 뿐만 아니라, 또 현실에 대한 불만족을 해소시켜 주는 수단이기 때문이다. 영화 〈어바웃 타임 About time〉, 〈백투 더 퓨처 Back to the future〉, 〈데자뷰 Deja vu〉 등에서는 주인공이 과거로 돌아가서 여러 가지 잘못된 부분을 고쳐 보다 나은 미래를 만들어나간다는 내용을 담고 있다. 반면에 시간여행을 통해 과거로 돌아가보지만 그 결과는 지금보다 현저히 달라지거나 나아지는 것이 아니라 지금과 비슷하거나 오히려 더 악화되기도 하는 작품들도 적지 않다. 영화 〈레트로액티브 Retroactive〉와 〈나비효과 Butterfly effect〉는 현재를 바꾸기 위해 과거로 돌아가 여러 가지 다른 대처방법을 시도해 보지만, 그 결과는 오히려 처음보다 더 나빠지게 된다는 내용을 담고 있다.

다가올 미래가 어떤 상황일지를 이미 알고 있다면, 당연히 지금 알고 있는 것보다는 훨씬 나은 모습의 미래를 만들고 싶을 것이다. 그러나 그 대처는 자기가 마음먹은 대로 잘 되지 않는다. 한 가지 문제를 해결하면 또 다른 문제가 여기저기서 튀어나온다. 그것을 막으려고 애를 쓰지만 오히려 상황은 더 악화되어 간다. 현재 또는 미래의 잘못된 부분을 바로잡으려고 애쓰지만 그의 의도대로 잘되지 않는다. 한 군데 틀어진 부분을 바로잡으면 엉뚱하게 멀쩡해 보였던 다른 곳이 틀어진다. 또다시 이 틀어진 곳을 바로잡아 보지만 처음 의도와는 다르게 일이 꼬여 엉망이 되어버린다. 시간여행을 통해 현실보다 나은 결과를 가져오든, 더 나쁜 결과를 초래하든 시간여행이란 소재를 가지고 만든 작품들이 전하고자 하는 메시지는 동일하다. 자신의 삶을 돌아보는 계기를 가져라, 그리고 시간을 낭비하지 말고 아껴 쓰고 또 최대한 현실을 행복하고 즐겁게 만족하며 살아가라는 것이리라.

나이가 들어 중년으로 접어들면 어쩔 수 없는 삶의 변화를 맞이한다. 육체적 기운의 쇠락과 정념의 부활을 꿈꾸는 욕망이 교차하고, 일과 사랑이 어떤 종류의 벽에 부딪혀 있다는 느낌이 든다. 돌파구는 없고, 서서히 침몰해 가는 삶의 잔해 속에서 허우적거리는 자신의 모습을 발견한다. 그들은 삶의 범속성에 어느 정도 절망하고 있다. 더욱이 그 범속함을 초월할 수 있는 방법도, 길도 찾기가 어렵게 되어가는 상황이다. 젊은 시절 미친 듯이 일에 몰두하면서 과거 자신을 기쁘게 하던 '열정과 추구'의 정신도 이제는 서서히 사라져가고 있다. 이제는 위대한 고전문학 작품을 다시 읽어보아도 학창시절에 읽던 때의 그 커다란 감흥을 제대로 느낄 수 없다. 클래식 음악보다도 흘러간 유행가 가사가 더 가슴에 와 닿고 감미롭기조차 할 때도 있다.

게다가 나이가 들어갈수록 안 끼워주는 곳들이 점차 늘어난다. 회사에서도 나이가 많아지면 빨리 그만두고 퇴직하기를 은근히 바란다. 나이가 어려서는 나이가 많아지기를 기대했는데 나이 들고 보니 나이가 짐이고 부담이다. 그래서 오십이 넘고 나면 마흔아홉이라는 나이만 계속 말하고 다니거나, 만으로 몇 살이라고 말하면서 두세 살 낮춰 말하는 사람들도 있다. 이와 같이 나이는 늘 후회를 남긴다. 이 나이가 되도록 이루지 못한 일들에 대한 영원한 아쉬움이 담겨 있고, 나이 한 살 더 먹게 생겼는데 올해 제대로 하지 못한 일에 대한 후회가 밀려온다. 그래도 나이가 들어야만 알 수 있는 것이 있는데 그것은 다름 아닌 인생의 참다운 의미다.

중년은 이제 인생의 전환기에 있다. 이 시점에서는 또 다른 새로운 출발이 필요하다. 그런데 이 인생의 후반전을 성공적으로 열어가기 위해서는 과거로부터의 탈출이 매우 중요하다. 중년이 된 이후 많은 사람들이 과거의 포로가 되어버리는 경우가 많다. 지나온 인생을 뒤돌아보면서 나의 과거가 초라하지 않았고 성공으로 가득 차 있으며, 아름다운 추억밖에 없다고 생각하고 싶어 한다. 그래서 퇴직 이후 마주하는 고달픈 현실에서 직면하는 여러 문제들과 인간관계에서 갈등을 느끼고 더 힘들어한다. 내가 옛날에는 이랬는데 지금 왜 이런 일을 겪어야 하는지, 사람들이 나를 이렇게 함부로 취급하는 것을 견딜 수 없다고 생각한다. 자신의 정체성이라고 여기고 싶은 기억들만 편집해서 붙들고 있다. 현재에 살고 있는 자신을 스스로 과거의 포로로

언제라도 그 나이에 어울리는 삶이 있다.
가장 늦었다고 생각하는 그 순간이
가장 빠른 것이라고 하지 않는가!
이제 '인생 100세'의 시대가 되었다.
당신은 이제 겨우 인생의 반환점에 와 있을 뿐이다.

만들어버리는 것이다. 그러나 과거에 대한 자신의 편견을 포기해야 한다. 나이 들어서는 내가 기억하고 싶은 과거의 사건만큼이나 내가 기억하고 싶지 않은 사건들을 담담하게 살펴보며 정리하는 일이 필요하다. 과거로부터 떠나 자유로울 때 새로운 미래를 전망할 수 있고, 과거로부터 자유로워질 때 내게 일어나는 변화를 즐겁게 받아들일 수 있다.

언제라도 그 나이에 어울리는 삶이 있다. 가장 늦었다고 생각하는 그 순간이 가장 빠른 것이라고 하지 않는가! 이제 '인생 100세'의 시대가 되었다. 이러다가 120세라는 천수를 누리게 될지도 모른다. 그러기에 더더욱 중년에게는 아직 할 일이 많고 기회도 있다. 용기가 필요하다. 당신은 이제 겨우 인생의 반환점에 와 있을 뿐이다. 앞으로 살아가야 할 새로운 인생이 절반이나 남아 있다. 자, 이제부터 또 다른 새로운 삶을 살아가자! 저녁 해질 무렵, 나무의자에 앉아 밖에서 뛰어노는 아이들을 바라본다. 아이들의 천진난만한 모습은 미소를 머금게 한다. 그러나 이내 지난날들이 떠오르면서 눈시울이 뜨거워진다. 철없이 행복했던 어린 시절, 그리고 아름다웠던 젊은 시절….

It is the evening of the day

I sit and watch the children play

Smiling faces I can see

But not for me

I sit and watch as tears go by

어느 날 저녁

난 앉아서 아이들이 노는 모습을 지켜보고 있어

아이들의 얼굴엔 웃음이 가득하지만

난 그렇지가 않아

난 앉아서 눈물을 흘리며 바라보고 있어

My riches can't buy everything

I want to hear the children sing

All I hear is the sound of raining

falling on the ground

I sit and watch as tears go by

내 재산으로도 모든 걸 가질 수 없어

아이들의 노래가 듣고 싶어

하지만 내게 들리는 건

바닥에 떨어지는 빗소리뿐인걸

난 앉아서 눈물을 흘리며 바라보고 있어

It is the evening of the day

I sit and watch the children play

Doing things I used to do

They think are new

I sit and watch as tears go by

어느 날 저녁,

난 앉아서 아이들이 노는 모습을 지켜보고 있어

내가 어릴 적에 하던 놀이였는데

아이들은 신기해했지

난 앉아서 눈물을 흘리며 바라보고 있어

− 롤링스톤즈 〈As Tears Go By〉

희미한 옛사랑의 그림자

　그런 기억들이 있다. 어느 깊은 곳에 조용히 웅크리고 있다가, 생각지도 못한 순간 반짝하며 눈앞에 맞닥뜨리는 사진 한 장, 노래 한 소절 때문에 문득 시간을 거슬러 떠오르는 기억들이 그렇다. 그 당시로서는 가슴 아팠지만 세월이 흐른 지금에 와서 생각해 보면 아름다움으로 여겨지는 기억들. 잊었던 순간들과 장소들이 불현듯 생생해져 손에 닿을 듯하다. 그러나 이제는 결코 돌이킬 수 없는 것들이다. 하지만 그 슬픔과 열정, 갈망들을 가슴에 묻은 채 각자의 자리에서 충실히 살아왔기에, 시간이 꽤 많이 지난 지금에 와서는 아름다운 추억으로 회상할 수 있는 것이다.

　첫사랑! 치기어린 소년시절, 연상의 여인에 대한 호기심이 컸다.

특히 여선생님에 대한 관심이 컸는데, 좋아하는 선생님 곁에 서는 일은 오히려 짜릿한 고문이었다. 선생님이 말을 걸거나 머리를 쓰다듬고 등을 토닥거릴 때면 더욱 그랬다. 그때마다 얼굴이 붉어지고, 손과 발과 등에서 식은땀이 흘러내리곤 했다. 이와는 또 다르게 황순원의 〈소나기〉와 알퐁스 도데 Alphonse Daudet, 1840~1897의 〈별〉을 읽으며 또래의 소녀에 대한 순수한 감정을 꿈꾸고 느끼기도 했다. 얼마 전 첫사랑을 소재로 한 〈건축학 개론〉이란 영화가 상영되어 많은 사람들의 공감을 얻었다. 지금은 아련하기만 한 과거의 내 모습과도 같은 그 기억들을 새로이 끄집어 내주었기 때문이다. 또 첫사랑은 이루어지지 않는다는 속설을 다시금 확인시켜 주기도 했다.

1993년 영화로 만들어진 〈순수의 시대〉The Age of Innocence 마지막 장면은 매우 인상적이었다. 사랑하던 사람이 곁을 떠나고 십 수 년이 흐른 뒤, 주인공은 그녀가 살고 있는 곳을 찾아간다. 그러나 그녀를 실제로 만나지는 않았다. 대신 저 먼발치에서 그녀가 살고 있는 아파트의 창문 커튼이 펄럭이는 모습만 바라보면서 조용히 돌아선다. 지금에와서 그리웠던 사람과 다시 만난다면 안 만난 것보다 못한 경우가 많다. 자신의 가슴에는 너무나 아름답고 애절한 모습과 기억으로 남아 있지만, 현실은 세월이 흐르는 동안 새로운 색상으로 덧칠되거나 퇴색되는 등 모든 것이 너무나 달라져 있다. 낡고 주름 잡혀 초라한 모습을 보면 애틋하던 그 감정들이 한순간에 송두리째 날아가 버릴지도 모른다. 이제 그 사람은 '옛님'일 뿐이다.

그님이 날 찾아오거든 사랑했다고 전해주오.
기다리고 기다리다가 울면서 먼 길 떠났다고 전해주오.
꽃피어 향기롭던 못 잊을 그 밤도
바닷가 그 언덕도 모두 모두 다 잊었노라고!

흔히들 첫사랑은 깨어진다고 한다. 그러기에 더욱 애잔하고 오 랫동안 아니 한평생 가슴에 남아 있는지도 모르겠다. 그러나 그 첫사 랑이 마지막 사랑으로 완성되기도 한다. 영화 〈레터스 투 줄리엣 Letters to Juliet〉은 이런 스토리를 담았다. 이 영화는 아름다운 이탈리아 토스카 나 지방이 공간적 배경이다. 이제는 할머니가 된 한 여인이 50년 전에 별다른 이유 없이 헤어지게 된 첫사랑을 찾아 나선다. 우편번호부에 서 첫사랑의 이름으로 되어 있는 주소들을 찾아 이곳저곳을 방문해 본다. 희미한 기억을 바탕으로 옛날 두 연인이 다정한 시간을 나누었 던 포도농원들도 찾아 헤맨다. 아직도 그 사람이 자신을 사랑하고 있 을까 하는 기대감을 안고서 말이다. 그러나 50년의 세월이 흐른 터라 옛날의 기억을 되살리기가 쉽지 않다. 문득 자신의 이런 모습이 우스 워질 때도 있었다. 그렇지만 단념하지 않았다. 마침내 50년 만에 첫사 랑의 얼굴을 대면하는 순간, 둘은 아직도 서로 사랑하고 있음을 확인 한다. 이 영화는 이렇게 해피엔딩으로 끝난다.

누군가는 첫사랑이 잘살면 배 아프고, 못살면 가슴 아프고, 같이 살면 머리 아프다고 말한다. 이래저래 첫사랑은 우리를 지배하고 있다. 당신은 지금 첫사랑과 함께 살고 있나요?

　계절의 여왕 5월. 이 계절이 되면 대학가는 축제분위기로 달아오른다. 5월의 공기는 따사롭게 느껴진다. 라일락꽃 향기가 캠퍼스에 가득하다. 브람스 ^{Johannes Brahms, 1833~1897}의 〈대학축전 서곡〉 선율이 감미롭게 흐르고, 여기저기 간이 카페가 들어서 있다. 문학의 밤 포스터와 음대생과 미대생들의 공연 전시 프로그램 벽보가 붙어 있는 모습도 눈에 띈다. 축제의 마지막 날 밤에는 피날레로 쌍쌍파티가 열린다. 파트너끼리 게임을 하면서 자연스럽게 서로의 손을 살며시 잡아본다. 어색하지만 플로어에 같이 나가 춤을 추는 동안 점차 분위기는 고조되어 간다. 파티가 끝난 뒤 자유시간이 주어지면 모두 파트너끼리 짝을 지어 뿔뿔이 흩어졌다.

　우리 둘은 말없이 캠퍼스 뒷동산을 거닐었다. 아름다운 별빛이 쏟아지고 있었다. 그애의 눈동자가 유난히 청초하고 맑게 빛나 보였다. 주변에는 아무도 보이지 않았고, 내 가슴은 쿵쾅쿵쾅 방망이질 쳤다. 이 순간이다. 그애에게 첫 입맞춤을 할까 말까 망설이는 나는 못난이!

　우리는 비가 좋아 빗속을 거닐었고 눈이 좋아 눈길을 걸었다. 사람 없는 찻집에 마주 앉아 밤늦도록 낙서도 했다. 그렇게 우리는 둘만의 이야기를 만들어나갔다. 아카시아 꽃향기 그윽한 봄밤, 저멀리 바

흔히들 첫사랑은 깨어진다고 한다.
그러기에 더욱 애잔하고 오랫동안
아니 한평생 가슴에 남아 있는지도 모르겠다.
그러나 그 첫사랑이 마지막 사랑으로 완성되기도 한다.

위에 부서지는 파도소리 들려오는 여름밤, 귀뚜라미 구슬피 울어대는 가을밤, 그리고 흰 눈이 펑펑 쏟아지는 겨울밤이 지나갔다. 그러나 이후 우리 사이에 연락이 뚝 끊겼다. 별다른 이유는 없었다. 그냥 나의 적극성과 숫기 부족 때문이었다. 꽤 오랜 시간이 지난 뒤 그애에게 편지를 보냈다. 아직 나는 이전 그대로라는 사연을 담아서. 며칠이 지나서 그애가 학교로 찾아왔다. 편지 잘 받았다고, 그리고 내 소식을 기다렸노라고. 그래서 우리는 다시 이전처럼 만날 수 있었다.

우리들의 만남이 새로이 익어갈 무렵, 언젠가 우리는 경춘선을 탔다. 당시 경춘선은 최고의 드라이브 코스였다. 경춘선은 아득한 노스탤지어를 자아냈다. 북한강을 따라 나 있는 기찻길 주변의 경관은 수려했다. 차창 밖으로 한가로운 시골마을의 풍경이 펼쳐지고 하얀색으로 곱게 단장한 레스토랑의 모습도 그림처럼 스치며 지나갔다. 강가에는 모락모락 물안개가 피어올랐다. 어스름이 내릴 무렵 강가에 지는 낙조는 아름다움을 넘어 황홀하기까지 했다. 우리는 남이섬을 찾았다. 길 양쪽으로 키 큰 나무들이 서 있는 오솔길을 호젓이 거닐거나, 자전거를 빌려 타고 섬을 한 바퀴 돌아보기도 했다. 잔디밭에 한가로이 드러누워 하늘만 바라보아도 좋았다. 가끔은 기차를 타고 가다 이름 모를 자그마한 간이역에 내려서는 발길 닿는 대로 정처 없이 거닐어보기도 했다.

세월이 더 흘러갔다. 나는 군복무와 취업문제로 이리저리 뛰어

다니며 정신없이 시간을 보냈다. 그사이 그애는 프랑스 유학 준비를 하느라 바빴다. 별빛이 유난히 아름답던 차가운 어느 겨울밤, 나는 그애가 프랑스로 떠나기 전 우리의 관계를 확실히 해두고 싶었다. 그래서 가슴속에 간직해 두었던 감정을 고백하기 위해 낙동강 하구에 있는 에덴공원을 찾았다. 반딧불이가 밝혀주는 길을 따라 우리는 공원 안으로 들어섰다. 저멀리서 〈Sound of Silence〉와 〈이루어질 수 없는 사랑〉이 연이어 흘러나왔다. 우리는 길모퉁이에 자리 잡은 어느 카페에 들렀다. 애플와인 파라다이스를 한잔 시켰다. 그러나 우리 사이에는 왠지 냉랭한 기운이 감돌았다. 무슨 일인지 마음에 담아두었던 말들이 입 밖으로 나오지를 않았다. 그애 또한 아무런 말도 하지 않았다. 결국 우리는 카페 바깥으로 나왔다. 겨울밤 공기가 차가웠다. 더없이 맑은 하늘에서는 무수한 별들이 쏟아지고 있었다. 그날 이후 우리는 영영 다시 만나지 못했다.

지금 그 사람 이름은 잊었지만
그 눈동자 입술은
내 가슴에 있네.

바람이 불고
비가 올 때도
나는 저 유리창 밖
가로등 그늘의 밤을 잊지 못하지.

사랑은 가고 옛날은 남는 것

여름날의 호숫가 가을의 공원

그 벤치 위에

나뭇잎은 떨어지고

나뭇잎은 흙이 되고

나뭇잎에 덮여서

우리들 사랑이

사라진다 해도

지금 그 사람 이름은 잊었지만

그 눈동자 입술은

내 가슴에 있네.

내 서늘한 가슴에 있네.

- 박인환, 〈세월이 가면〉

가지 않은 길

세계적인 전자 바이올리니스트 바네사 메이Vanessa Mae는 2014 소치 동계올림픽에 태국의 스키선수로 출전했다. 그는 네 살 때부터 취미로 스키를 탔다. 바이올리니스트가 직업이자 그의 존재가치였지만, 스키는 그에게 삶의 활력소가 되었다. 그리고 20대가 되면서 올림픽 출전을 꿈꾸었다. 마침내 36세가 되어 그는 꿈을 이루었다. 올림픽에서 메달을 따지는 못했다. 그러나 그는 "출전한 것만으로도 너무 행복했다. 누구도 느낄 수 없는 짜릿함을 느꼈다."라고 말했다. 또한 그는 "바이올린이 나를 표현하는 존재라면 스키는 나를 잠시나마 내려놓을 수 있는 존재이다. 서로 다른 두 가지 경험을 통해 내 본업인 음악적 창의와 영감을 얻는다."라고 말했다.

당신이 만약 다시 태어나거나 혹은 젊은 시절로 되돌아간다면 지금 당신이 하고 있는 일이나 같이 살고 있는 배우자를 또다시 선택할 것인가? 인생은 선택이다. 살아가면서 우연히 맞닥뜨리게 되는 일도 많지만 어쩔 수 없이 선택해야 할 사안도 많다. 특히 중요한 것일수록 자신의 선택이 필요하다. 인생에서 한 길을 택해 그 길로 걸어가면 포기해야만 할 것들이 많이 생긴다. 그 경우 가지 않은 길에 대한 막연한 아쉬움과 호기심이 발동하기 마련이다. "그 길은 어땠을까? 그 길로 들어섰더라면 더 큰 성과를 거두고 인생살이가 지금보다 훨씬 더 나아지지 않았을까?"

　　　노란 숲 속에 길이 두 갈래로 났었습니다.
　　　나는 두 길을 다 가지 못하는 것을 안타깝게 생각하면서,
　　　오랫동안 서서 한 길이 굽어 꺾여 내려간 데까지
　　　바라다볼 수 있는 데까지 멀리 바라다보았습니다.
　　　그리고 똑같이 아름다운 다른 길을 택했습니다.
　　　그 길에는 풀이 더 있고 사람이 걸은 자취가 적어,
　　　아마 더 걸어야 될 길이라고 나는 생각했었던 게지요.
　　　그 길을 걸으므로, 그 길도 거의 같아질 것이지만.

　　　그날 아침 두 길에는
　　　낙엽을 밟은 자취는 없었습니다.
　　　아, 나는 다음 날을 위하여 한 길은 남겨두었습니다.

길은 길에 연하여 끝없으므로
내가 다시 돌아올 것을 의심하면서.

훗날에 훗날에 나는 어디선가
한숨을 쉬며 이야기할 것입니다.
숲 속에 두 갈래 길이 있었다고,
나는 사람이 적게 간 길을 택하였다고,
그리고 그것 때문에 모든 것이 달라졌다고….

미국의 시인 로버트 프로스트 Robert Frost, 1874~1963가 쓴 〈가지 않은 길〉
이란 시를 우리말로 번역한 피천득 1910-2007 선생님은 〈인연〉이란 작품
에서 자신의 과거를 다음과 같이 회상했다. "살면서 예전에 만났던 사
람이 그리울 때가 있다. 그리고 때로는 평생 그 사람을 못 잊기도 한
다. 그러나 다시 만나지 않는 것이 더 좋을 수 있다. 내가 기대했던 그
사람은 사실 존재하지 않았다는 것을 직면하는 것보다는 내 마음속에
서 아름다운 모습으로 영원히 남아 있는 것이 더 행복할 수 있기 때문
이다." 그러나 그는 현실에서 그녀 아사코와의 만남을 택했다. 그리고
는 후회했다. 시들어가는 백합꽃 같은 그녀의 모습을 보았다. 그의 뇌
리에 간직되어 있던 아름다운 그녀의 모습과 그 기억들이 한꺼번에
날아가 버린 것이다.

사람들은 모두가 자신의 길을 향해 걸어간다. 그 길은 자신이 좋

이 사람이 아닌 다른 사람을 택했더라면 나의 운명은
어떻게 달라졌을까?
그에 대한 호기심과 아쉬움이 동시에 존재한다.
그러나 우리는 깨달아야 한다.
지금 당신 곁에 있는 그 사람을 선택한 것이
당신 인생 최대의 선물이란 것을!

아서 선택했을 수도 있고 혹은 어쩔 수 없이 받아들인 경우도 있을 것이다. 그러나 어쩔 수 없이 받아들였더라도 점차 세월이 흘러가면 대부분 이를 운명으로 받아들인다. 물론 가지 못한 길에 대한 회한이 없는 것은 아니지만, 그렇다고 새로운 길을 찾아 나서기란 현실적으로 어렵다. 특히 나이가 들어갈수록 더욱 그러하다. 그래서 그 길을 묵묵히 걸어가는 것이다.

그런데 이 세상이 불공평해서 대부분의 범상한 사람들과는 달리 인생의 길을 다양하게 경험하며 걸어가는 행운아가 없지는 않다. 금융잡지사 사장인 길버트 카플란Gilbert Kaplan은 이를 성공적으로 해냈다. 자신의 길이 아닌 다른 길도 가볼 수가 있었다. 1965년 뉴욕 카네기홀에서 레오폴드 스토코프스키Leopold Stokowski, 1882~1977가 지휘하는 말러Gustav Mahler, 1860~1911의 2번 교향곡 〈부활〉을 숨죽이며 듣던 23세의 청년 카플란은 번개가 자신의 몸을 관통하는 듯한 충격을 받았다. 그날부터 청년은 자신이 죽기 전에 말러의 〈부활〉을 직접 지휘해 보겠다는 간절한 소망을 마음에 품었다. 그러나 그는 음악이라곤 거의 문외한에 가까운 경영학도였다.

경영대학원을 졸업한 카플란은 월가로 진출하여 〈인스티튜셔널 인베스터Institutional Investor〉라는 금융잡지를 창간하여 큰 성공을 거두었다. 그 잡지는 지금도 월가에서 상당한 영향력을 가지고 있다. 사업을 궤도에 올려놓은 카플란은 청년시절의 꿈이었던 말러의 〈부활〉을 직접 지휘하기 위해서 하루 5시간 이상 음악공부에 매진했다. 악보 읽는 법, 화성학, 대위법 등 음악의 기초부터 하나씩 익혔다. 1983년, 카플란은 말러의 〈부활〉을 처음 들은 지 18년이 흐른 뒤 마침내 카네기홀 무대에 올라 아메리칸심포니를 이끌고 〈부활〉을 지휘했다. 그가 처음 〈부활〉을 들었던 바로 그 장소이자 그 오케스트라였다. 그로서는 일생일대의 소원을 이루는 순간이었다. 그의 지휘는 사람들의 예상을 깨고 엄청난 호응을 얻었다. 그의 지휘가 성공적으로 끝나자 런던심포니, 로스앤젤레스필 등 전세계에서 지휘 요청이 쏟아졌다.

인생은 선택이다. 누구를 만나는 것은 우연이기도 하지만 자신의 선택으로 이루어지는 것이 더 의미가 있다. 자신의 반려자를 만나는 것은 더욱 그러하다. 이 사람이 아닌 다른 사람을 선택했더라면 나의 운명은 어떻게 달라졌을까? 그에 대한 호기심과 아쉬움이 동시에 존재한다. 그러나 우리는 깨달아야 한다. 지금 당신 곁에 있는 그 사람을 선택한 것이 당신 인생 최대의 선물이란 것을!

고향생각

　　어느 가을날 오후, 겨울을 재촉하며 소리 없이 내리는 찬비는 불현듯 고향 생각에 젖어들게 했다. 마침내 나는 지난날 고향에 대한 기억 속으로 빠져들어 갔다. 봄이면 머루를 따고 가을이면 밤나무 아래에서 떨어진 알밤을 줍던 뒷동산은 언제나 어머니 품속같이 푸근했다. 동구 밖 과수원과 과수원 한복판에 자리한 원두막은 친구들과 만남의 장소였고 놀이동산이었다. 솔직히 이제 그 친구들의 얼굴들은 잘 생각나지 않는다. 그러나 그들과 함께 뛰놀던 옛 고향의 모습은 아직도 뚜렷하게 기억에 남는다.

　　고향, 그 이름만 들어도 가슴이 저려온다. 어린 시절의 추억이 아련히 밀려오고 가슴속에 진한 향수와 그리움이 묻어난다. 고향이란 자기가 태어나 자란 자신의 뿌리와도 같은 곳이다. 언제라도 찾아가면 반갑게 맞아줄 것만 같은 곳, 어머니 품과 같이 포근하고 따뜻한 그곳이 바로 고향이다. 그런 고향에 대한 정감이 자꾸만 사라져 잊혀져 버린 고향, 잃어버린 고향이 되어가는 것만 같아서 안타깝다.

고향의 봄은 특별히 따스하다. 동면에서 깨어난 개구리가 여기 저기 튀어 오른다. 마을의 담벼락을 노랗게 수놓은 개나리와 산중턱에 새색시마냥 수줍게 살며시 피어난 연분홍 진달래, 동구 밖 과수원 길은 복숭아꽃과 살구꽃으로 뒤덮인다. 아지랑이 피어오르는 언덕길 저 너머에서부터 아카시아 꽃향기가 향기롭게 퍼진다. 뒷동산에서는 뻐꾸기 울음이 뻐꾹뻐꾹 봄의 소리를 전한다.

여름이면 개구쟁이들은 신이 났다. 한낮에는 시원한 매미울음을 들으며 원두막에서 수박을 잘라놓고 서로 큰 것을 잡으려고 다투기도 했다. 그것도 재미가 없어지면 시냇가로 몰려가 멱을 감고 물장구를 치며 정신없이 놀았다. 시냇물이 졸졸 흐르는 실개천에서 돌팔매 치기를 하거나, 송사리를 잡는다며 시간 가는 줄도 몰랐다. 날이 어두워지면 아이들은 참외나 수박 서리를 한다고 몰려다니기도 했다. 아이들은 그게 나쁜 짓인 줄도 모르고 그냥 하나의 놀이처럼 생각했던 때였다.

가을은 풍성했다. 마을로 들어오는 길 양쪽에는 코스모스가 하늘거리며 끝없이 피어 있다. 오곡이 누렇게 익어 고개를 숙이고 있는 논두렁 밭두렁 길을 따라 메뚜기를 잡으러 다녔다. 집 뒤뜰에는 홍시가 빨갛게 익어가고 있었고, 뒷동산에 흐드러지게 피어난 억새풀을 한 움큼 꺾어 집안을 장식했다. 가끔은 서글피 울어대는 귀뚜라미 소리에 잠을 이루지 못한 밤도 있었다.

겨울은 낭만이 가득했다. 흰 눈을 맞으며 강아지처럼 이리 뛰고 저리 뛰며 좋아 어쩔 줄을 몰랐다. 꼬마 눈사람을 만들기도 하고 눈을 뭉쳐 눈싸움도 했다. 얼어붙은 논은 동네 아이들의 놀이터가 되었다. 한쪽에서는 팽이치기를 하며 놀고 있고 저쪽에서는 미끄럼을 지치며 고함을 질러댔다. 깊어가는 겨울밤이면 화롯불을 피워놓고 고구마를 구워 먹으며 이야기꽃을 피웠다.

평소 조용하던 시골 고향마을에도 사람들이 북적대며 활기를 띠는 이벤트가 있었다. 바로 시골 5일장과 학교 운동회날이었다. 5일장이 서면 각지에서 몰려든 사람들이 평소 보지도 듣지도 못했던 신기한 물건들을 펼쳐놓아 구경거리가 풍성했다. 장터에 나오면 사람구경도 하고 세상 돌아가는 이야기도 들을 수 있었다. 장터에는 농수산물, 약초, 의류 같은 물건은 물론이고 씨암탉과 염소 등 온갖 것이 다 있었다. 세상의 모든 것을 다 가지고 나온 듯한 박람회요 전시장이었다. 물건을 사고팔면서 서로 흥정을 하는 동안 사람과 사람간의 소박하고도 훈훈한 정감이 묻어나고 자신이 살아 있다는 것을 온몸으로 느낄 수 있을 정도로 생동감이 넘쳤다.

시골마을에 학교 운동회가 열리는 날은 그야말로 온 동네가 잔칫집 분위기였다. 운동회가 열리기 며칠 전부터 온 동네는 시끌벅적해졌다. 한 달 전부터 예행연습을 하느라 땡볕에 온몸이 그을리며 매스게임과 줄다리기, 달리기 등을 연습했고, 응원연습도 열심이었다. 운동회 전날 밤에는 잠을 잘 이루지 못했다. 가슴이 설레기도 했지만 혹시 비라도 오면 어떡하나 걱정이 되었다. 운동회는 학생들뿐만 아니라 부모님과 동네 할아버지와 할머니들, 코흘리개 어린 동생까지도 함께 모여 즐기는, 말 그대로 한마당 축제였다. 학교 주변에는 풍선, 엿, 뻥튀기, 아이스크림, 솜사탕 장수들이 귀신처럼 알고 모여들었다.

고향에 대한 아픔을 가진 사람들도 더러 있었다. 그들에게 고향이란 반목과 갈등 그리고 회한이 서려 있는 곳이다. 사랑하던 이웃집 처녀가 도시에서 온 뜨내기를 따라 야반도주해 버린 경우는 차라리 사정이 나은 편이다. 주인집 땅에 빌붙어 소작농으로 살면서 항상 주인 영감뿐만 아니라 그 자식들에게도 굽실거리던 아버지 꼴이 보기 싫어서 하루는 거들먹거리는 주인집 아들을 두들겨 패고는 고향을 등지게 된 사연을 가진 사람도 있다. 6·25전쟁 때 빨갱이와 손잡았다는 이유로 손가락질을 받아야만 했던 김 노인은 목을 매달았다. 그 이후 김 노인의 손녀딸은 어디론가 떠난 뒤 매춘부가 되었다는 소문만 들려왔다. 그들은 고향이 싫었다. 고향에서 받은 상처를 잊기 위해 일부

고향, 그 이름만 들어도 가슴이 저려온다.
어린 시절의 추억이 아련히 밀려오고 가슴속에
진한 향수와 그리움이 묻어난다.
고향이란 자기가 태어나 자란 자신의 뿌리와도 같은
곳이다. 언제라도 찾아가면 반갑게 맞아줄 것만 같은 곳,
어머니 품과 같이 포근하고 따뜻한 그곳이 바로 고향이다.

러 고향을 외면하고 살았다.

그러나 이들도 임종의 순간이 다가오면 고향이 그리워진다고 한다. 한 번만이라도 고향을 찾아보기 원한다. 그래서 고향은 부모와 같은 존재인가 보다. 아무리 아픈 기억으로 가득 차 있거나, 잊고 싶어 해도 잊어버릴 수 없는 존재인가 보다. 이 가을날, 혼자서 고향 길을 찾아 나서보라!

내 고향, 부산!
부산은 바다가 있는 낭만의 도시이다. 학창시절, 우리는 그 바닷가를 자주 찾았다. 바다는 언제나 우리를 포근히 품어주었다. 그리고 내일의 날들에 대한 꿈과 이상을 갖게 해주었다. 해운대는 푸른 바다와 흰 파도, 끝없이 긴 하얀 모래의 백사장, 해안선 끝자락에는 푸른 소나무 숲과 붉은 동백꽃으로 수놓인 동백섬이 있고 손을 내밀면 닿을 것 같은 거리에 오륙도가 있다. 달맞이길의 정취는 해운대의 매력을 한층 더 유감없이 발산한다. 해안선 반대편 길 언덕 위에 들어선 카페와 레스토랑들은 달 밝은 밤이면 파도에 부서지는 달빛과 어우러져 밤 바닷가의 정취를 한껏 더 물씬 자아낸다.

부산은 여름만의 도시가 아니다. 해변의 운치는 겨울이 훨씬 더하다. 겨울 바닷가, 겨울의 밤 바닷가, 그 겨울밤, 해변의 방랑객이 되어 차가운 달빛 아래 서늘하게 밀려드는 파도소리를 들으며 인적이

드문 백사장을 걸어본다. 이 해운대 바닷가에서 밤 10시만 되면 '밤하늘의 트럼펫'이 연주되었다. 애절한 트럼펫의 운율이 해운대 밤하늘에 떠올랐다. 사랑하던 그애가 불치의 병으로 어느 날 갑자기 그의 곁을 떠났다. 상심한 그는 자살을 시도했으나, 팔 하나만 잃었을 뿐 죽지는 못했다. 이때부터 그는 한쪽 팔만으로 트럼펫을 연주했다. 지난날 그애와 해운대 백사장에 단둘이 앉아 자주 연주했던 트럼펫 곡을….

남포동을 흔히 부산의 명동이라고 한다. 레스토랑과 주점이 좁은 길 양쪽으로 한 치의 여유 공간도 없이 줄지어 들어서 있다. 주변에 국제시장 등 대형 상권과 음식점, 고급 부티크들이 밀집해 있으며 극장들도 즐비하다. 이 거리에 있던 무아음악실과 수다방, 극동다방 등은 당시 젊은이들에게는 낭만과 꿈의 요람이었다. 이 거리는 항구도시의 패션을 이끌어가는 곳이기도 했다. 부산의 멋쟁이들이 많이 찾는 곳이기도 하지만, 이웃 일본으로부터 새로운 패션이 건너와 이곳에서 먼저 선을 보였다. 네온사인이 켜지기 시작하면 남포동의 진면목을 접할 수 있었다. 눈부시게 화려하며, 시끌벅적하고 번잡스럽다. 그래서 생동감이 넘친다. 그러나 알 수 없는 야릇한 애수도 묻어나는데, 이게 아마도 남포동 블루스인가 보다.

을숙도는 낙동강 하구에 토사가 쌓여 형성된 섬으로, 새가 많이 살고 물이 맑은 섬이라는 뜻을 가지고 있다. 팔백 리 낙동강이 실어온 모래로만 이루어진 을숙도 중심에는 물길이 미로처럼 얽혀 있다. 섬

남단에는 크고 작은 모래톱이 형성되어 있다. 이 물길을 따라 사람 키를 넘는 갈대가 숲을 이루고 있다. 갈대밭은 연인들의 장소였다. 그냥 하얗게 핀 갈대밭 길을 따라서 걸어가는 것만으로도 좋았다. 또한 갈대밭은 연인들을 위한 사진의 배경이 되어주기도 했다. 빨간 낙조의 그림자가 드리워질 무렵, 그 갈대숲 사이로 바라보는 일몰은 이루 말할 수 없는 장엄한 광경이다. 갈대숲 사이를 따라 난 길을 걷다 보면 무리지어 쉬고 있는 철새 떼들을 만난다. 이들은 따사로운 햇살을 쬐며 놀고 있다가도 인기척을 느끼면 금방 날아오른다. 겨울새 수만 마리가 떼 지어 헤엄쳐 다니다 물보라를 일으키며 하늘로 솟아오르는 눈부신 군무는 장관 그 자체이다.

해는 져서 어두운데 찾아오는 사람 없어
밝은 달만 쳐다보니 외롭기 한이 없다.
내 동무 어디 두고 이 홀로 앉아서
이 일 저 일을 생각하니 눈물만 흐른다.

고향 하늘 쳐다보니 별떨기만 반짝거려
마음 없는 별을 보고 말 전해 무엇하리
저 달도 서쪽 산을 다 넘어가건만
단잠 못 이뤄 애를 쓰니 이 밤을 어이하리

– 현제명, 〈고향생각〉

세월이 그대를 속일지라도

　　인생을 살아가다 보면 많은 배신을 하기도 하고 당하기도 한다. 배신의 종류도 다양하다. 친구의 배신, 애인의 배신, 직장상사나 동료로부터의 배신, 자식이나 부모에게 당하는 배신, 자연이나 신의 배신 등등. 배신은 가슴이 찢어지는 것 같은 아픔을 준다. 걷잡을 수 없는 분노가 치밀어 오른다. 이를 여과 없이 발산하면 결국 모두에게 비참한 결과나 파멸을 초래한다. 따라서 자신의 마음을 다스리고 수습해야 한다. 그것만이 이기는 방법이다. 단테 Alighieri Dante, 1265~1321는 그 배신감을 자신의 글을 통해 복수했다. 그의 걸작품인 〈신곡〉에서 배신을 가장 추악한 행위로 보고, 배신한 인간들은 모조리 지옥의 구렁텅이에 빠뜨렸다.

지금의 중년들은 세상의
변화 물결에 제대로 적응하지
못해 방황하고 있다.
이들은 거세게 몰아치는 세계화와
정보화의 급물살에 몸을 제대로
가누지 못하고 이리저리
밀려다니고 있다.
변화하는 세상에 제대로
적응하지 못해 변화 물결의
희생자가 되었다는 한탄과 함께
말이다.

옛말에 따르면 사람 나이 40은 불혹不惑, 50은 지천명知天命 그리고 60은 이순耳順이라고 했다. 이 나이가 되면 주위의 유혹에 흔들리지 않고 자신의 확고한 판단력에 따라, 그리고 그동안 쌓아온 사회에서의 입지를 누리면서 살아나갈 수 있다는 것을 의미한다. 그러나 지금의 중년은 어떠한가? 그들은 흔들리고 있다. 그것도 심하게 많이 흔들리고 있다. 요즈음 위기의 중년이라는 이야기가 자주 들린다. 특히 한국에서 살아가는 지금의 중년은 여러 가지로 많은 시련과 고통을 받으며 살아온 세대이다.

그들은 경제개발의 주역으로서, 수출의 역군으로서 밤낮없이 일만 하며 살아왔다. 자신의 건강과 가정, 젊음을 몽땅 일에 저당 잡히고 오로지 잘살아보겠다는 신념으로 청춘을 불살랐다. 자신의 일터가 바로 가정이었고, 업무는 자신의 희망이자 신념이었다. 아니 자신의 모든 것이었다. 그 결과 '한강의 기적'이라 일컫는 한국경제의 성장을 이끌었다. 이에 대해서는 분명 자긍심을 가지고 있다. 그러나 그들의 육신은 지칠 대로 지쳐 자신도 모르는 사이에 서서히 망가져 가고 있었다. 그래도 젊을 때는 이를 느끼지 못했으나, 이제 나이가 들어갈수록 그 후유증들이 점차 나타나기 시작하는 것이다. 특히 한국 중년들의 사망률은 다른 어느 나라보다도 그리고 어떤 세대보다도 훨씬 높다고 한다. 어찌 허망하지 않을까? 얼마 전부터 주변의 가까운 사람들이 하나둘씩 세상을 등지고 있다. 내가 벌써 그런 나이가 되었나 하고 생각해 보니 참으로 세월의 덧없음과 빠르게 흐르는 세월이 야속하게 느껴졌다.

지금의 중년들은 세상의 변화 물결에 제대로 적응하지 못해 방황하고 있다. 이들은 거세게 몰아치는 세계화와 정보화의 급물살에 몸을 제대로 가누지 못하고 이리저리 밀려다니고 있다. 세상은 무섭게 빠른 속도로 변하고 있다. 그런데 중년은 보수적이다. 그들은 이러한 변화를 두려워하거나 심지어는 거부하고 있다. 그들은 소위 아날로그 세대들이다. 그들은 새로운 디지털 개념에 익숙하지 못할 뿐만 아니라 오히려 스트레스를 받으며 살아가고 있다. 새로이 쏟아져 나오는 전자제품이나 기계를 대하면 왠지 겁부터 난다.

지난 1997년 말, IMF 경제위기를 맞았을 때 중년이 받은 충격과 사회에 대한 배신감은 극에 달했다. 그동안 자신의 젊음을 불사르며 지켜온 삶의 터전이었던 직장이 어느 날 갑자기 너무나도 허망하게 도산해 버렸다. 혹은 명예퇴직이라는 명분으로 자신의 기업과 조직으로부터 매몰차게 버림받기도 했다. 이들의 허탈감은 극도에 달했다. 지금까지의 내 삶이 오로지 돈 버는 기계에 불과하지 않았나 하는 자괴감과 상실감, 무력감만 남았다. 이 사회가 나를 버렸다는 배신감에 몸을 떨어야 했다. 심리적 공황과 위기의식에 빠진 소위 고개 숙인 중년들은 이제 갈 곳을 잃게 되었다. 어떤 사람은 인생의 덧없음을 느끼고 어느 날 갑자기 사라져버리기도 했다. 또 다른 이들은 이 골목 저 골목을 배회하면서 사회에 대한 분노를 삭여야만 했다. 변화하는 세상에 제대로 적응하지 못해 변화 물결의 희생자가 되었다는 한탄과 함께 말이다.

또한 그들은 선·후배 세대들에게 자신의 자리를 빼앗기는 아픔까지 겪었다. 지금의 중년들은 자신의 선배들에게 깍듯한 예우를 하며 살아왔다. 소위 동양적 가치를 존중하며 연공서열을 존중하고, 개인주의 사고보다는 집단의 논리에 얽매어 집단의 이익을 우선시해 왔다. 우리 사회가 점차 노령화되어 가면서 이들 선배들은 직장의 자리를 지키는 사례가 늘어가고 있다. 반면에 후배 세대들은 일찌감치 자신들의 독립된 활동공간을 찾아 이를 넓혀나가는 데 성공을 거두었다. 신세대들은 지금 중년층을 추월해 이 사회의 중요한 요소마다 그들의 둥지를 틀고 있다. 이들은 벤처사업가로서, 인터넷 전문가로서, 그리고 새 시대의 정치이념과 대중문화의 기수로서 모든 분야에서 두각을 나타내고 있다. 오히려 이들은 선배 세대를 제치고 우리 사회의 전면에 등장하기 시작했다. 자연히 자신의 역할과 공간을 빼앗긴 중년은 상실감과 패배의식에 사로잡히게 되었다. 그래서 지금의 중년은 선배 세대에게 짓눌리고 후배 세대들로부터는 치어 밀리는 소위 낀 세대가 되었다고 자조하기도 한다.

지금도 세상이 변하고 있다. 이 변화에 중년은 적응하려고 많은 노력을 기울여본다. 그러나 세월이 지난 뒤 주위의 모든 것이 변했지만 자신만이 변하지 않았다는 사실을 알아채면서 절망감마저 느끼고 있다. 이와 같이 우리 중년층은 어려운 시대를 살아가고 있다. 그러나 그들은 여태까지 우리 사회가 발전하는 견인차 역할을 해왔으며, 지금도 여전히 노년과 청·장년을 연결하는 중간허리 역할과 책임을 다하고 있다. 그리고 후배들에게 존경받는 삶이 되도록 노력하고 있다. 다행히 그들은 이제 자신의 지난 세월들을 돌아볼 수 있는 시간적·경제적인 여유가 다소 생겼다. 그리고 자신들만이 간직하고 있는 소중한 추억과 낭만이 있다. 이런 관점에서 중년들은 오늘도 자신의 주어진 삶에 스스로 만족하면서 묵묵히 살아가고 있다.

> 가을잎 찬바람이 흩어져 날리면
> 캠퍼스 잔디 위엔 또다시 황금물결
> 잊을 수 없는 얼굴 얼굴 얼굴 얼굴들
> 꽃이 지네 가을이 가네
>
> 하늘엔 조각구름 무정한 세월이여
> 꽃잎이 떨어지면 젊음도 곧 가겠지
> 머물 수 없는 시절 시절 시절 우리들의 시절
> 세월이 가네 젊음도 가네
> 꽃이 지네 가을이 가네
> 세월이 가네 젊음도 가네
>
> – 김상배, 〈날이 갈수록〉

2장

인생의 가을,
중년은 아름다워라

인생과 계절

　　세월은 흐른다. 자신이 나이를 먹고 늙어가고 있다는 사실을 감지하지 못하고 있는 중에도 세월은 계속 흘러간다. 우리는 흐르는 세월을 아쉬워하지만 세월은 무정하기만 하다. 대신 세월은 우리에게 추억을 남긴다. 추억은 그리움으로, 그리움은 다시 지난 세월에 대한 동경으로 이어지는 가운데 아픔과 기쁨 그리고 진한 감동을 느끼게 된다. 흐르는 세월 속에 계절도 바뀐다. 신록의 봄인가 싶었는데 어느새 빛과 태양의 계절인 여름이 찾아들었다. 한낮의 더위가 짜증스럽게 느껴질 때면 문득 사색과 상념의 계절인 가을이 성큼 다가와 있다. 그러나 그 가을의 서정을 다 만끽하기도 전에 이미 차갑고 하얀 겨울이 가을을 밀치고 들어와 있다.

봄, 여름, 가을, 겨울 사계절은 각기 나름대로의 아름다움을 우리에게 선사한다. 그 중에서도 봄과 가을이 가장 많이 사랑받고 있다. 그러나 여름과 겨울에 비해 봄과 가을의 기간은 훨씬 짧은 편이다. 그래서 더 많은 아쉬움과 사랑을 받고 있는지 모르겠다. 인생과 계절은 관련이 많다. 계절이 봄, 여름, 가을, 겨울로 나뉘듯이 인생의 주기는 유·소년기, 청년기, 중·장년기, 노년기로 구분된다. 신록의 봄을 인생의 유·소년기라고 하면, 녹음의 여름은 청년기, 수확의 계절 가을은 중·장년기, 그리고 찬바람 이는 겨울은 인생의 노년기에 해당된다. 일반적으로 봄은 청춘에 비유되며 중년은 가을에 비유된다.

봄은 희망과 생동의 계절이며, 포근하고 나른함도 느낀다. 봄의 특성을 가장 잘 나타내는 것은 봄의 전령 꽃이다. 봄이 오는 소리는 꽃이 피어나는 것에서 가장 생생히 느낄 수 있다. 봄이 되면 갖가지 꽃이 꽃봉오리를 터뜨리며 피어난다. 봄이 왔음을 가장 일찍 알려주는 꽃은 매화, 개나리, 진달래 등이다. 산수유의 노랑 꽃잎과 분홍과 하양의 벚나무 꽃잎은 눈가루처럼 흩날려 세상을 아름답게 수놓는다. 불타오르듯 피어나는 철쭉꽃은 온 국토를 꽃동산으로 만들어놓고, 아카시아와 라일락꽃 향기는 우리의 폐부를 찌른다. 꽃은 세상을 아름답게 꾸미고, 우리의 마음을 부드럽게 하며 생기를 가져다준다. 그래서 몸과 마음이 불편한 환자들에게 병문안을 갈 때 꽃을 선사하는가 보다. 새들의 울음에서도 봄이 오는 소리를 들을 수 있다. 한겨울에는 어둠과 적막 가운데 아침을 맞이했다. 그런데 신통하게도 봄이 되면 겨우내 들리지 않던 새들의 울음소리가 들리기 시작한다. 집 앞 뒤뜰에서 새들이 무리를 지어 종알종알 재잘재잘 울어댄다. 이 새들의 울음소리는 새벽의 여명을 가르며 곤한 새벽잠을 깨워놓는다.

봄은 꿈꾸는 계절이다. 봄이 되면 무엇인가 통통 튀어 오를 것 같은 생동감을 느낄 수 있다. 또 다른 한편으로는 나른하고 착 가라앉는 듯한 기분을 느끼기도 한다. 지평선 너머로 아지랑이가 피어오른다. 무엇인가 나타날 것만 같은데 실상은 신기루에 불과하다. 그래도 우리는 희망을 저버리지 않는다. 봄이 되면 한 해 동안 이룰 여러 가지 소망과 설계를 한다. 물론 그 한 해가 지나고 나면 엄청난 시행착오가 있었음을 알게 된다. 그러한 가운데 수십 번의 봄이 왔다가 지나가고 그때마다 또다시 새로운 인생의 설계를 세워 나간다.

창밖에 봄비가 내린다. 소리 없이 내린다. 앞뜰에도 내린다. 파릇파릇 움이 트는 잔디에도 싱그러운 연초록의 물이 피어오르는 나뭇가지 위에도 물방울이 돋는다. 애잔한 봄비를 맞으며 누군가가 꼭 찾아올 것만 같다. 갑자기 누군가를 기다리기가 겁이 난다. 내가 밖으로 나가는 것이 나을 듯하다. 혼자이기가 두려워 인적이 많은 거리로 뛰쳐나오지만, 그래도 허전한 마음 공간은 잘 채워지지 않는다. 오히려 고독감이 더욱 심하게 밀려든다. 우산도 들지 않았다. 빗방울이 머리를 적시고, 온 대지를 적신다. 내 가슴속에도 봄비가 스며든다. 그대는 봄비를 좋아하는가? 그래서 봄비를 맞아보았는가? 나이가 들면 봄을 더 좋아하게 된다. 이는 더이상 인생의 봄을 향유할 수가 없기에 그만큼 봄이 더 아쉽게 느껴지고, 동경의 대상이 되기 때문일 것이다. 자연의 봄은 세월이 지나면 어김없이 다시 찾아들지만, 인생의 봄은 한번 지나면 영원히 돌아오지 않는다. 그러기에 인생의 봄은 더욱 아름답고 사랑스러운 것이리라.

여름은 뜨거우면서 눈부시다. 작렬하는 태양의 계절이다. 낭만이 있는 시기이다. 대다수의 사람들은 이 기간에 휴가를 떠난다. 서구 사람들은 마치 여름휴가를 잘 보내기 위해 한 해 동안 열심히 일하는 것처럼 느껴질 정도다. 여름휴가는 새로운 시작을 위해 생산적으로 보내야 한다. 새로운 에너지 충전이 가능하도록 후회 없이 한껏 후련하게 활용되어야 한다. 인생의 여름은 불타오르는 열정으로 무엇인가를 성취하기 위해 땀 흘리며 노력하는 계절이다. 그래서 여름은 성숙의 시기이고 열매를 맺는 준비기간이다. 내리쬐는 햇볕만큼이나 뜨거운 시련과 연단이 있기에 우리의 내면은 그만큼 더 알차게 익어가는 것이다. 이 시기를 이솝 우화의 베짱이처럼 허송한 사람은 그 인생의 가을과 겨울이 삭막하고 쓸쓸해질 것이다.

가을은 풍성하고 찬란한 계절이다. 계절의 황금기라고들 한다. 인생의 가을도 자연의 그것처럼 풍성하다. 중년이 되면 물질적으로나 정신적으로나 모든 면에서 비교적 많은 것을 갖추어 안정된 삶을 영위할 수 있다. 젊은이들은 이를 부러워하거나 동경한다. 그러나 다른

"가는 세월 탓하지 말고, 오는 세월 두려워 말라."
시간이란 흘러가기 마련이고 그 세월 속에 우리의 삶도
익어가고 있다. 시간을 붙잡을 수 없으며,
언젠가 우리는 다시 자연으로 돌아가게 될 것이다.

한편으로 가을은 쓸쓸함과 아쉬움을 많이 남기는 계절이다. 지난봄과 여름 동안 좀더 많이 노력하고 투자해 커다란 수확과 성과를 거두어야 했는데, 또 더 많은 추억거리도 만들었어야 했는데 하고 말이다. 가을은 너무 짧다. 그래도 자연의 가을은 또 다른 가을을 다시 맞이하기에 짧음이 더욱 매력적일 수 있다. 그러나 인생의 가을은 한 번 지나가면 다시는 또 다른 가을을 맞이할 수가 없다. 그래서 인생의 가을을 맞이한 사람들에게는 가을이 왠지 부담스럽게 느껴질 수도 있다. 그런데 가을을 맞이하기보다 더욱 싫은 것은 가을을 보내고 차가운 겨울을 맞이하는 일이다. 그때는 정말 모든 것이 끝장나는 기분이 들고 더 이상 여유가 없다.

겨울은 깨끗한 계절이다. 모든 것이 투명하게 드러나 보인다. 더욱이 하얀 눈이라도 내리면 온통 세상은 깨끗함 그 자체로 변한다. 당신은 흰 눈을 맞아보았는가? 흰 눈을 맞으며 정처 없이 발길 닿는 대로 헤매어보았는가, 혹은 아무도 밟지 않은 새하얀 눈을 밟기 위해 새벽 눈길을 걸어가 보았는가? 아니면 흰 눈 속을 미친 듯이 뒹굴어보았는가? 첫눈 내리던 날, 사랑하는 사람에게 전화를 걸어보았는가, 찻집에 앉아서 그 누군가에게 엽서를 써보았는가? 눈 덮인 산사에서 촛불을 밝혀두고 홀로 울어보았는가? 흰 눈 내리는 겨울은 너무나 낭만적이다.

그러나 나이가 들어가면서 겨울이 점차 싫어진다. 또 한 해가 지나면서 나이를 한 살 더 먹는 것이 싫기 때문이다. 나이와 함께 추위도 더 심하게 느끼고, 매사가 귀찮아지고 게을러진다. 밖으로 나가기에는 날씨가 너무 차갑게 다가온다. 창을 통해 바깥세상을 내다보면 세상은 너무나 좁다. 넓고 깨끗한 세상을 느끼기 위해 오늘도 상상의 나래를 편다. 벽난로를 지피고 음악을 들으면서. 겨울에는 몸만 움츠러드는 게 아니다. 마음도 점차 나약해진다. 감기만 걸려도 혹시 큰 병에 걸린 게 아닐까 하는 걱정과 두려움이 생긴다. 젊은 시절에는 자신의 몸을 학대하면서까지 자신만만하게 살아왔다. 그 후유증이 이제 서서히 나타나는 것 같은 생각이 든다. 그래서 나이가 들면 한시바삐 추운 겨울이 지나가고 따뜻한 봄이 오기를 애타게 기다리는 것이다.

누군가 "가는 세월 탓하지 말고, 오는 세월 두려워 말라."고 했다. 시간이란 흘러가기 마련이고 그 세월 속에 우리의 삶도 익어가고 있다. 시간을 붙잡을 수 없으며, 언젠가 우리는 다시 자연으로 돌아가게 될 것이다. 시간의 흐름 속에 계절은 때가 되면 다시 바뀌지만, 우리의 인생은 단 한 번 주어졌을 따름이다. 그러기에 옛 현인들은 시간을 헛되이 낭비하지 말고, 즐거이 보람 있게 활용하라고 가르치지 않았는가! 이제 중년들은 더이상 흘러간 과거에 집착하거나 어떻게 될지 알 수도 없는 미래에 매달려 지금의 이 시간을 헛되이 보낼 수는 없다. 그러기에 우리는 지금 이 시간을, 또 이 계절의 아름다움을 최대한 만끽하고 누리며 행복하게 살아가야 하지 않을까!

깊어가는 가을에

올해도 변치 않고 또다시 가을이 찾아들었다. 가을은 낙엽의 계절이며, 결실의 계절이다. 가을은 상념과 그리움, 우수와 고독, 사색과 동경, 그리고 어디론가 떠나고 싶은 계절이다.

가을은 낙엽의 계절이다. 품위 있는 자태와 그윽한 향기를 뽐내는 국화꽃이 가을을 풍성하게 해주기도 하지만, 역시 가을다운 서정적 정취를 한껏 느끼게 하는 것은 낙엽이다. 가을이 되면 불타오르는 듯한 단풍이 우리의 가슴에도 불꽃을 지핀다. 그러나 단풍도 잠깐, 이내 우수수 낙엽이 되어 지고 만다. 이 병든 갈색의 낙엽이 거리를 뒤덮을 때면 마음이 왠지 고독하고 숙연해진다. 그리고 무엇인가 그리워진다. 그 대상이 사람이든 지난날의 추억이든….

가을은 수확과 결실의 계절이기도 하다. 벌판에는 잘 익은 누런 벼들이 고개를 숙이고 있고 군데군데 참새 떼들을 쫓기 위한 허수아비들이 장승처럼 서 있다. 이제는 논두렁길을 가다가 메뚜기 떼들이 날아다니는 모습을 볼 수 없는 것이 무척 아쉽다. 시골집 담장에는 빠알간 홍시와 누우런 호박들이 주렁주렁 달려 있다.

가을은 걷기에 좋은 계절이다. 가로변에는 소녀 같은 모습의 연약한 코스모스가 바람에 하늘거리고 있다. 이 아름다운 가을날, 코스모스 길을 사랑하는 이와 함께 해도 좋고 아니면 홀로 고독에 잠겨 걸어보는 것도 좋겠다. 또 그 길을 자전거를 타고 달려보아도 기분이 상쾌해질 것 같다. 하양과 연분홍, 짙은 자주색의 꽃잎들이 서로 어울려 흐드러지게 피어 있는 코스모스 길은 정녕 영원한 우리들 마음의 고향 길이다.

이에 비해 노오란 은행나무 길은 좀더 세련된 도시풍의 멋이 난다. 이 길은 깃을 세운 트렌치코트를 입고 걸으면 분위기가 더 잘 어울릴 것 같다. 창경궁과 덕수궁 돌담길 그리고 과천청사 가로변들이 그런 길이다. 코스모스나 은행잎을 책갈피에 꽂아 말리던 기억도 새롭다. 책갈피에 꽂아둔 드라이플라워를 대할 때마다 지난 가을이 떠오르고, 그때의 추억은 언제나 가슴에 진하게 남아 있다.

가을에는 어디론가 떠나고 싶은 충동을 느낀다. 가을 풍경 속으로 들어가 사라지고 싶은, 주체할 수 없는 그러한 감정을…. 가을이 한창 깊어가는 그 어느 날, 억새로 뒤덮인 진부령고개를 찾았다. 이름 모를 자그마한 산장에 들렀다. 그곳에는 투숙객이 아무도 없었고 나 혼자였다. 갑자기 이 세상에 나 자신만이 존재할지도 모른다는 착각에 빠져들기도 했다.

이제 이곳에서 무엇을 할까? 우선 파국으로 치닫는 듯한 느낌이 드는 로드리고의 기타 곡 〈아란페스협주곡〉을 틀어본다. 그리고는 억새를 한 움큼 꺾어다 창 곁에다 꽂아둘까, 커피를 끓이며 그 진한 향기에 취해볼까, 혹은 그냥 우두커니 앉아서 지난 추억을 더듬으며 옛 생각에 사로잡혀 볼까? 여러 가지 생각 끝에 결국 마당에 나가 낙엽을 긁어모아 모닥불을 지폈다. 과연 어느 시인이 노래한 것처럼 낙엽을 태울 때 나는 조금은 매캐한 내음이 갓 볶아낸 진한 커피 향 같았다.

가을은 상념과 그리움의 계절이다. 인간은 누구에게나 추억과 향수가 있기 마련이다. 또한 본능적으로 과거로 돌아가고 싶은 욕구가 있다. 그래서 마음이 울적하거나 죽음이 다가오면 고향을 찾게 되고 옛 친구들이 보고 싶어진다. 특히 귀뚜라미 슬피 우는 깊은 가을밤, 지난날들을 생각하며 이러한 감정에 사로잡혀 눈시울을 붉힌 경험은 우리 모두가 한번쯤은 가지고 있을 것이다.

당신과 함께 즐겨 듣던
나나 무스꾸리의 노래
〈Try to remember〉를
들으면서, 당신이 즐겨 낭송하던
박인환 님의 시를
가만히 읊어봅니다.

"세월은 가고 옛날은 남는 것
여름날의 호숫가 가을의 공원
그 벤치 위에 나뭇잎은 떨어지고
나뭇잎은 흙이 되고 나뭇잎에
덮여서 우리들 사랑이
사라진다 해도…"

원래 그리움이란 아쉬움에서 비롯된다. 그래서 그리움이 지나치면 병이 된다. 약이 따로 없다. 화사하고 밝은 추억에 대한 그리움도 오래가지만, 무언가 아쉽고 애틋한 사연에 대한 추억이 훨씬 더 가슴 진하게 오랜 동안 남아 있게 마련이다. 지금 와서 생각하면 그 당시에 더 열심히 사랑하고 더욱 잘해야 했는데…. 그 당시로 다시 돌아가고 싶어도 이제 그럴 수가 없다.

가을은 누군가에게 편지를 부치고 싶은 계절이다.

"귀뚜라미 울음 애절한 이 가을밤, 문득 당신 생각이 납니다. 당신과 같이했던 시간과 장소, 그리고 애틋한 사연들과 음악들 모두가 너무나 선명한 기억으로 남아 있습니다. 물론 당신이 가장 그리운 것은 두말할 나위가 없겠지요. 당신과 함께 즐겨 듣던 나나 무스꾸리의 노래 〈Try to remember〉를 들으면서, 당신이 즐겨 낭송하던 박인환 님의 시를 가만히 읊어봅니다. '세월은 가고 옛날은 남는 것, 여름날의 호숫가 가을의 공원. 그 벤치 위에 나뭇잎은 떨어지고 나뭇잎은 흙이 되고 나뭇잎에 덮여서 우리들 사랑이 사라진다 해도….' 지난 시절, 우리는 낙엽 지는 모습을 보고 가슴 아파 했고, 낙엽 지는 소리에 애간장을 태웠고, 또한 비오는 듯 떨어지는 낙엽을 맞으며 낙엽 지는 거리를 걸어보았습니다. 그리고 수북이 쌓인 낙엽더미에 파묻혀 그 속을 뒹굴어도 보았습니다. 그러나 이제는 모두가 옛 이야기가 되었습니다. 이제 나는 낙엽을 태우며 지난 추억도 지우려 하고 있습니다."

시몬, 나무 잎새 져버린 숲으로 가자.

낙엽은 이끼와 돌과 오솔길을 덮고 있다.

시몬, 너는 좋으냐? 낙엽 밟는 소리가.

낙엽 빛깔은 정답고 모양은 쓸쓸하다.

낙엽은 버림받고 땅 위에 흩어져 있다.

시몬, 너는 좋으냐? 낙엽 밟는 소리가.

해질 무렵 낙엽 모양은 쓸쓸하다.

바람에 흩어지며 낙엽은 상냥히 외친다.

시몬, 너는 좋으냐? 낙엽 밟는 소리가.

발로 밟으면 낙엽은 영혼처럼 운다.

낙엽은 날개 소리와 여자의 옷자락 소리를 낸다.

시몬, 너는 좋으냐? 낙엽 밟는 소리가.

가까이 오라, 우리도 언젠가는 낙엽이리니

가까이 오라, 밤이 오고 바람이 분다.

시몬, 너는 좋으냐? 낙엽 밟는 소리가.

– 레미 드 구르몽, 〈낙엽〉

중년예찬

청춘은 아름답다. 거기에는 순백의 아름다움이 있다. 이슬을 머금고 갓 피어나는 새순과 같이 청초하면서 풋풋하기도 하다. 이 시기에는 세상의 모든 것이 가능하고 거칠 것이 없다. 청춘은 그 이름만 들어도 가슴이 두근거리듯 희망과 열정, 그리고 용기가 샘솟는다. 그 누가 뭐라고 해도 인생의 황금기는 진정 청춘의 시기이다. 반면에 중년은 모든 외형적 조건이 최전성기를 지나 이제는 하향곡선을 그리기 시작하는 시점에 와 있다. 그래서 청춘에 비해 용기와 열정, 풋풋함이 덜하다. 그러나 중년은 내면적으로 성숙한 아름다움을 지니고 있다.

중년은 자신을 다스릴 줄 아는 지혜가 있고, 온화하며 남의 아픔에 공감할 만큼 사려가 깊다. 남을 도와줄 능력도 갖추고 있다. 중년은 사고를 깊이 하기에 실수하는 경우가 그만큼 줄어든다. 희끗해진 머리색만큼이나, 또 늘어난 주름만큼이나 인생을 다양하게 경험했다. 인생의 깊이도 더욱 깊어가고 세련되었다. 그래서 주름진 그 외모도 나름대로 우아한 멋이 있어 보인다. 그래서 서양에서는 중년의 외모를 '로맨스 그레이Romance grey'라고도 하지 않는가!

청춘이 맑고 순수하다면 중년은 우아하고 세련되었다. 청춘이 열정과 힘이 있다면 중년은 진지함과 지혜가 있다. 청춘에게 장래에 대한 밝은 희망이 있다면 중년에게는 지나간 시절에 대한 아름다운 추억이 있다.

청춘이 꽃피는 봄이라면 중년은 단풍으로 물드는 가을이다. 봄이 부드러운 연초록의 계절이라면 가을은 정열적인 불빛과 조금은 퇴폐적인 갈색의 계절이다. 봄에는 생동감이 넘치고 만물이 소생하며, 갖가지 아름다운 꽃들이 세상을 장식한다. 모든 것이 새롭고 신비롭기만 하다. 그리고 꿈이 있다. 모든 것을 마음만 먹으면 다 가질 수 있고 이룰 수 있을 것 같은 생각이 든다. 그러나 세월이 흐를수록 꽃은 시들고, 꿈도 환상으로 끝나버릴 수 있다. 이처럼 세월이란 거스를 수 없기에, 지나고 나면 모든 게 아쉬워질 수밖에 없는 모양이다. 가을은 사색의 계절이다. 차분히 생각하는 여유 속에 인생의 깊이는 더욱 깊어간다. 그래서 봄은 무르익어 가지만 가을은 깊어간다. 이 가을이 깊어갈수록 애수 또한 깊어진다.

봄이 파종의 계절이라면 가을은 수확의 계절이다. 봄을 어떻게 보내느냐에 따라 가을이 달라진다. 봄에는 열심히 장래를 위해 투자를 하지만, 가을이면 지난 시절의 노력을 수확하게 된다. 풍성한 결실의 계절인 것이다. 그래서 여유를 가지고 남을 배려할 줄 아는 넉넉함이 있다.

청춘이 현란한 색상과 화려한 자태의 서양난이라면, 중년은 은은한 방향과 기품 있는 자태를 지닌 동양난이다. 청춘이 강렬한 색상과 구도를 지닌 서양화, 그중에서도 인상파 화가들의 작품이라면 중년은 담담한 색상과 은은한 여백의 공간 멋이 감도는 동양화이다. 청춘이 화려한 장미라면 중년은 가을바람에 하늘거리는 코스모스이다. 장미는 화려한 자태와 진한 향기로 단연 꽃 중의 꽃이다. 그러나 장미에게는 가까이하기 어려운 가시가 있다. 반면 코스모스는 초라하고 연약한 모습을 지니고 있지만, 모든 사람들에게 정감을 안겨주는 꽃이다. 장미가 만발한 정원에서 오랜 시간을 보낼 경우 그 진한 향기가 슬며시 부담스러움으로 다가올 수도 있지만, 코스모스가 가득 피어 있는 거리는 한없이 걸어가더라도 마냥 정겹고 상쾌한 마음을 느낄 수 있다.

청춘이 눈 내리는 날의 밝고 상큼함이라면 중년은 비오는 날의 잔잔함과 스산함이다. 눈이 내리면 괜히 가슴이 두근댄다. 무슨 좋은 일이 생길 것 같은 기분이 든다. 젊은이들은 첫눈이 내리면 그냥 밖으로 뛰쳐나가 특별한 사연을 만들어낸다. 하루 종일 눈을 맞으며 쏘다녀도 지치지 않고 마음이 즐겁다. 반면 비오는 날은 잔뜩 찌푸린 날씨만큼이나 마음이 착 가라앉거나 우울해진다. 왠지 밖으로 나가기가 귀찮다. 조용히 집안에서 음악을 들으며 호젓하게 쉬고 싶다. 누군가에게 편지를 쓰고 싶어진다.

청춘은 맑지만 날선 소리를 자아내는 바이올린이라면, 중년은 다소 둔탁하지만 부드럽고 중후한 소리를 선사하는 첼로이다. 바이올린은 사람의 마음을 맑고 밝게 해준다. 그러나 비 오는 밤과 같이 왠지 기분이 축 처지는 날에는 첼로가 제격이다. 바이올린은 언제나 주인공으로서의 역할을 해내지만, 첼로는 주인공이 더욱 빛날 수 있도록 옆에서 도와주는 역할에 만족한다. 수많은 작곡가들이 바이올린을 위한 곡을 만들었지만 첼로를 위한 독주곡은 흔하지 않다. 다만, 현악 4중주, 현악 5중주곡에는 첼로가 반드시 포함되어 그 역할을 다한다.

청춘이 CD 음반이라면 중년은 LP 레코드이다. CD는 맑고 깨끗한 소리를 낸다. 그러나 그 소리는 너무 차갑고 공허하기까지 하다. 반면 LP 레코드판은 가끔 찌지직거리는 잡음이 들리기는 하지만 정감과 운치를 자아낸다. CD는 디지털인데 비해 레코드판은 아날로그이다. 디지털은 정확하고 편리하며 경제적이다. 이에 비해 아날로그는 정감이 있고 부드러우며 여유가 있다. 그래서 디지털에 비해 아날로그에 더 마음이 간다.

청춘이 CD 음반이라면 중년은 LP 레코드이다.
청춘이 검푸른 파도가 넘실거리는 망망대해라면
중년은 솔밭 사이로 잔잔히 흐르는 강물이다.
청춘이 맥주나 소다수같이 톡 쏘는 맛이라면
중년은 은은한 포도주나 진한 커피 맛이라고나 할까.
청춘이 뉴욕이나 런던 같은 화려한 대도시라면
중년은 제네바나 샌프란시스코 같은 기품있는 중소도시이다.

청춘이 밝고 경쾌한 모차르트의 음악이라면 중년은 장엄하고 중후한 매력이 넘치는 베토벤의 음악이다. 모차르트는 그의 천재성이 음악에서도 그대로 드러난다. 그는 짧은 생애 동안 무수히 많은 곡들을 별 어려움 없이 만들어냈다. 그의 음악에는 모든 사람들이 쉽게 접근할 수 있다. 가볍고 경쾌하기 때문일 것이다. 〈아이네 클라이네 나흐트무지크 Eine Kleine Nachtmusik〉, 〈디베르티멘트 Divertimento〉, 그리고 40개에 달하는 그의 교향곡들이 그렇다. 반면 베토벤의 음악에는 깊이가 있으며, 함부로 근접하기 어려운 기품이 있다. 음악을 만들어내기 위해 많은 노력을 기울인 흔적이 엿보인다. 우주의 신비가 담겨 있다는 〈9번 교향곡, 합창〉, 〈피아노협주곡 5번, 황제〉, 그리고 〈바이올린협주곡〉이 그렇다.

청춘이 스포츠카를 타고 고속도로를 질주하는 맛에 끌릴 때 중년은 조용한 오솔길을 산책하는 것을 더 선호한다. 빠른 속도감은 시원하고 상쾌하며 가슴을 탁 트이게 해준다. 내가 세상의 주인공이고 이 세상 모두가 내 것인 것만 같다. 그러나 앞서가는 차량이 거치적거린다는 느낌을 받으며, 또 지나쳐온 거리를 뒤돌아보기도 어렵다. 다른 사람의 입장을 잘 배려하지 못한다는 뜻이다. 반면 산책은 한가로움과 느림을 즐길 수 있고 여유가 있다. 앞서가거나 반대편에서 오는 사람이 있더라도 전혀 방해를 받지 않고 걸어갈 수 있다. 때로는 지나온 길을 뒤돌아보며 멈추어 서기도 한다. 그리고 오솔길에는 사색에 잠길 여유와 한적함이 있기에 더욱 좋다.

청춘이 검푸른 파도가 넘실거리는 망망대해라면 중년은 솔밭 사이로 잔잔히 흐르는 강물이다. 바다는 힘이 있고 열정이 넘친다. 바다 속에는 무궁한 가능성과 잠재력이 담겨 있다. 그러나 위험하고 무모하다. 반면 강물은 물결은 가늘지만 끊임없이 흘러간다. 세월과 함께 흘러간다. 흐르는 강물에는 많은 사연이 담겨 있다. 밝고 환희에 찬 사연이 있는가 하면 지우고 싶은 어둡고 슬픈 사연들도 있다. 어쩌면 어두운 사연들이 훨씬 많으리라. 그러나 이 사연들도 흐르는 강물과 함께 떠내려가거나 사라져버린다. 이제 새로운 나루터에서 또 다른 사연을 맞이하게 될 것이다. 이것이 우리의 중년들이 겪어온 삶의 방식이다.

청춘에게는 고향에 대한 아련한 기억이 없다. 그러나 중년은 고향을 잊지 못하고 그리면서 살아간다. 자기가 돌아가 쉴 곳이 있다는 것은 진정한 축복이다. 언제라도 자신을 따뜻하게 맞아줄 것 같은 고향은 어머니의 품이요, 추억이며 동경이다. 청춘에게는 아직 곱씹을 만한 추억거리가 없다. 추억을 가지고 살아갈 때 사람은 그만큼 더 풍성해진다. 그래서 젊은 시절 많은 추억거리를 만든 사람일수록 나이가 들어가면서 인생의 깊이도 더해간다.

청춘이 황홀한 꿀맛을 낸다면 중년은 은은하고 씁쓸한 맛을 낸다. 청춘이 맥주나 소다수같이 톡 쏘는 맛이라면 중년은 은은한 포도주나 진한 커피 맛이라고나 할까. 맥주와 소다수는 단번에 갈증을 해소해 주는 시원함을 선사한다. 그러나 갈증이 해소되고 나면 계속해서 마시기가 어렵다. 반면 포도주의 첫맛은 타닌tannin 성분의 떫떠름한 맛이 나지만, 마실수록 점점 부드럽고 은은한 맛에 매료된다. 여기에 화사한 과일향의 아로마aroma까지 스며 나온다. 그래서 오랜 시간 동안 맛과 향을 음미하면서 마실 수 있다. 커피 또한 그러하다. 쓸쓸한 그 맛에서 인생의 깊이를 음미할 수 있으며, 그윽한 향기에서 인생의 진한 향기를 맛볼 수 있다. 어쩌면 늦은 밤 음악을 들으며 여유 있게 마시는 한잔의 진한 커피에서 제대로 된 중년의 멋과 맛을 느낄 수 있을 것이다.

청춘이 뉴욕이나 런던 같은 화려한 대도시라면 중년은 제네바나 샌프란시스코 같은 기품있는 중소도시이다. 뉴욕이나 런던은 활기가 넘치고 세계의 초일류들이 총집합되어 있다. 세계 최고의 빌딩이 운집해 있으며, 세계 제일의 예술과 패션이 숨 쉬고 있다. 세계 최고의 상품들이 세계 최대의 백화점에 진열되어 있다. 각종 유명 음악회와 전시회가 수시로 개최되고 있다. 반면, 그 이면에는 여러 가지 문제점들이 도사리고 있다. 모든 것이 너무나 바삐 돌아가고 경쟁이 치열하다. 조금만 방심해도 경쟁에서 낙오되기 십상이고 실제로 낙오자들이 우글거린다. 한편 샌프란시스코나 제네바는 초일류는 아니지만 기품과 매력이 넘친다. 우수에 잠길 만한 여유도 있다. 그리고 꽃의 도시이다. 도시 분위기는 평화롭고 정감이 넘친다. 따뜻한 사람들이 모여 살아가는 것처럼 훈기가 넘친다.

이와 같이 중년은 아름답다. 그리고 인생의 멋을 한껏 발하는 시기이다. 물론 이러한 중년의 멋은 잘 가꿀 때에만 그 빛을 발한다. 자칫하면 중년이 추해질 수 있다. 나이값을 못 한다는 비판을 받을 수도 있다. 따라서 아름답고 멋진 중년이 되도록 하기 위해서는 나름의 관리가 필요하다. 당신은 이 아름다운 중년을 어떻게 보내고 있나요?

느림의 미학

　　매년 1월 말이 되면 세계에서 내로라하는 정계와 재계의 거물급 인사들이 스위스의 작은 마을 다보스에 몰려들어 북새통을 이룬다. 이곳에서 세계적인 경제포럼인 다보스포럼이 개최되기 때문이다. 다보스는 스위스 동부 내륙에 있는 전형적인 알펜리조트이다. 고도가 높고 눈이 많이 내린다. 한겨울이 되면 스위스 전역은 물론 해외에서도 수많은 사람들이 휴식을 취하거나 스키를 즐기기 위해 이곳을 찾는다. 이들을 수용하기 위해 마을의 절반 이상이 호텔과 레스토랑이다. 그런데 신기한 것은 세계적인 리조트이자 국제행사가 개최되고 있는 이곳의 호텔에는 전화가 없는 방이 많다. 그 이유는 깊은 산골짜기에 있는 이곳을 찾는 사람들 중에는 세상사를 모두 잊고 푹 쉬기를 원하는 사람이 많기 때문이란다. 그들은 외부와의 철저한 단절이 필요했던 것이다.

　이솝 우화에 나오는 토끼와 거북이 이야기는 잘 알려져 있다. 장거리 달리기 경주에서 느리지만 우직하고 성실한 거북이가, 빠르고 영리하지만 게으르고 자만심이 그득한 토끼를 제치고 종착점에 먼저 도달한다는 교훈적인 내용을 담고 있다. 인간세상에서도 마찬가지다. 대부분의 젊은이들은 사회생활을 하면서 경쟁에서 뒤처지지 않기 위해 오로지 앞만 보고 죽어라 달려간다. 주변을 살펴볼 마음의 여유가 없다. 조금이라도 한눈을 팔면 우화에 나오는 토끼처럼 경쟁에서 지기 때문이다. 우리의 삶도 이솝 우화와 다르지 않다. 패스트푸드, 퀵서비스, 휴대폰, 인터넷으로 대표되는 속도의 시대, 빠르게 변하는 시간 속에서 숨 가쁘게 달리다 보면, 어느새 자신을 지나친 경쟁에 한없이 몰아세우고 있다. 이때 가장 많이 상처받는 사람은 다름 아닌 바로 우리 자신이다.

　나이가 들어 중년으로 접어들면 느린 것이 좋아지고, 또 점차 이에 익숙해진다. 우선, 육신이 쇠락하면서 몸을 움직이기가 젊을 때 같지 않다. 마음상태는 점차 느긋해져 간다. 그래서 삶의 속도를 조금씩 늦출 뿐만 아니라 주변을 살펴볼 수 있다. 그만큼 여유가 생겼다는 뜻이다. 또한 경제적으로나 사회적 지위에서도 이제는 많이 안정되어 있다. 그러기에 무작정 앞만 보고 정신없이 달려온 청춘시절과는 달리 이제는 조금 여유를 가지며 즐기며 살고 싶어진다. 무엇보다 가는 세월이 아쉬워 좀 느릿느릿 천천히 흘러갔으면, 아니 아예 멈추어버렸으면 하는 마음이 강렬하다. 음악용어 중 안단테^{Andante}는 걷는 것처럼 느린 속도를 뜻한다. 이보다 더 느린 속도로는 아다지오^{Adagio}와 라르고^{Largo}가 있다. 그런데 나이가 들면 이런 느린 풍의 음악이 프레스토^{Presto}나 알레그로^{Allegro} 같은 빠른 속도의 음악에 비해 훨씬 더 편안하고 가슴에 와 닿는다. 차이코프스키^{Pyotr Ilyich Tchaikovsky, 1840~1893}의 〈안단테 칸타빌레〉, 알비노니^{Tomaso Giovanni Albinoni, 1671~1750}의 〈아다지오〉, 헨델^{Georg Friedrich Handel, 1685~1759}의 〈라르고〉 등이 느린 클래식에 속한다. 또 4인조 올드팝 가수 아바는 〈안단테 안단테〉란 곡을 불러 히트시키기도 했다.

나이가 들면 뛰는 게 힘들어지고 걸음이나 행동이 느려진다. 그러면서 '느림'에 점차 익숙해진다. 요즘은 젊은층에서도 조깅보다 걷기 열풍이 번지고 있다. 빠르게 뛰는 조깅보다 천천히 걷는 게 건강에 더 좋다는 연구보고서들이 잇따르면서부터다. 그래서 올레길과 둘레길이 곳곳에 만들어지고 있다. 사람들이 걷는 이유는 다양하다. 우선 건강 때문이다. 〈동의보감〉에서도 아무리 비싸고 좋은 약이나 음식보다 걷는 것이 건강에 더 좋다고 했다. 두 번째는 마음을 다스리기 위해서다. 마음을 평안하게 하는데 걷기처럼 좋은 운동이 없기 때문이다. 한 걸음 한 걸음 걸으면서 여러 가지 사물을 만나게 되고, 결국은 내가 나를 만나는 것이 걷기의 매력이다. 세 번째는 빠른 것에 익숙해진 세상에서 느리게 걸으며 '느림의 미학'을 실천하고자 하는 마음이 생겨

패스트푸드, 퀵서비스, 휴대폰, 인터넷으로 대표되는
속도의 시대, 빠르게 변하는 시간 속에서
숨 가쁘게 달리다 보면,
어느새 자신을 지나친 경쟁에 한없이 몰아세우고 있다.
이때 가장 많이 상처받는 사람은 다름 아닌
바로 우리 자신이다.

났기 때문이다.

  날이 갈수록 삶의 패턴 자체가 느려지고 있다. 얼마 전부터 지구촌 곳곳에 '슬로시티 slow city' 운동이 확산되고 있다. 이 운동의 취지는 빠른 속도와 생산성만을 강요하는 '빠른 사회 Fast City'에서 벗어나 자연·환경·인간이 서로 조화를 이루며, 여유 있고 즐겁게 살자는 취지로 시작되었다. 그리고 전통 보존, 지역민 중심, 생태주의 등 이른바 느림의 철학을 바탕으로 지속 가능한 발전을 추구한다. 원래 이 슬로시티는 1999년 이탈리아의 그레베 인 키안티에서 '느린 마을 만들기 운동'으로 시작되었는데, 이탈리아식 표기는 '치타슬로 cittaslow'이다. 이 운동이 처음 시작될 무렵에는 그 지역이 가지고 있는 고유한 자연환경과 전통을 지키고, 지역민이 주체가 되어 자연을 느끼면서 그 지역의 먹을거리와 독특한 문화를 지키며 살아가는 마을을 조성하겠다는 취지였다. 이후 점차 느리게 걷고 느리게 생각하고 느리게 생활하자는 운동으로 확대되어 갔다.

  이 슬로시티 운동에 2010년 현재 유럽을 비롯한 20개국 132개 도시가 가입되어 있다. 슬로시티 가입조건은 인구가 5만 명 이하이고, 도시와 주변 환경을 고려한 환경정책 실시, 유기농 식품의 생산과 소비, 전통 음식과 문화 보존 등의 조건을 충족해야 한다. 구체적 사항으로 친환경적 에너지 개발, 차량통행 제한 및 자전거 이용, 나무 심기, 패스트푸드 추방 등의 실천이다. 우리나라의 슬로시티는 아시아 최초로 지정된 담양군 창평면 삼지천 마을, 장흥군 유치면, 완도군 청산도, 신안군 증도 등 전라남도 4개 지역을 포함해 총 12곳이 있다.

한편, 이 '느림의 미학'은 안부를 묻고 소식을 전하는 데에도 통한다. 사연을 적은 우편물을 넣으면 6개월, 1년 뒤 적어둔 주소로 배달해 주는 서비스인 '느린 우체통'이 그것이다. 2009년 5월 인천 서구 영종대교기념관에 처음 생긴 이 느린 우체통은 이후 잇달아 설치됐다. 우리가 사랑하는 사람과 함께하고 있는 이 소중한 시간을 느린 우체통으로 천천히 전해보는 것은 어떨까? 느린 우체통은 무엇이든 빠르고 정확해야만 하는 요즘 시대에 기다림의 의미를 다시 한번 되새길 수 있도록 고안된 우편서비스이다.

1년 뒤 받아보는 편지, 1년이라는 시간 동안 아름다운 감성이 묻어 있는 추억으로, 소중한 이에 대한 깊은 사랑을 전한다. 애틋한 마음으로 잊어버린 기억과 시간을 붙잡을 수 있을 것이다. 사랑하는 연인의 풋풋한 사랑 고백, 무뚝뚝한 남편이 차마 말로 하지 못한 아내에 대한 사랑, 엄마가 뱃속 아기에게 보내는 편지, 1년 후 자신에게 보내는 격려가 과거와 현재를 이어주며 따뜻한 향기로 우리를 미소 짓게 할 것이다. 이런 것들에 대한 상상의 나래를 펼치며 정성들여 편지를 써서 느린 우체통에 담아보자. 보내는 이의 소중한 마음을 담은 그 편지를 당신은 시간이 꽤 흐른 어느 날 뜻하지 않게 받아볼 수 있을 것이다.

바쁜 삶, 빠른 세상에서 우리는 필연적으로 경쟁이라는 크나큰 파도를 만나게 된다. 그러나 그 소용돌이에 휩쓸리기보다는 지금 현재의 행복을 위해 한 발자국씩 걸어가 보라! 조금 느려질지라도 나 자신을 위로하고 격려할 수 있는 마음, 외롭고 슬픈 이들의 마음을 어루만져 줄 수 있는 마음으로 걷는 발자국은 높은 파도에 삼켜지지 않고 오히려 파도를 이겨내는 단단한 대지가 될 것이다. 그리고 빠르게 달릴 때는 느끼지 못한 더 넓고 큰 세상을 만나고 볼 수 있을 것이다.

절제와 내려놓음의 미덕

　　세계에서 가장 아름다운 자연환경을 가진 스위스와 오스트리아 사람들의 자살률이 높다고 하면 당신은 이를 믿겠는가? 그러나 이는 사실이다. 너무나 좋은 환경에서 살아가는 사람들은 이에 대한 고마움을 잘 느끼지 못한 탓이리라.

　　〈마이어링〉이라는 소설과 영화가 있다. 이것은 오스트리아 왕가에서 실제로 일어났던 비극적 사실을 바탕으로 만든 작품이다. 자신이 사랑하는 여인과 결혼할 수 없다는 현실에 절망한 오스트리아 황태자가 비엔나 근교의 마이어링 숲속에서 사랑하는 연인과 권총으로 동반자살하는 것이 주 내용이다. 그는 인생의 덧없음을 이렇게 극단적인 방법으로 표현했다. 많은 사람들이 인간사가 덧없다고 한다. 나이가 들어갈수록 이런 감정은 더욱 깊어진다. 하기야 인류사에서 가장 호사를 누렸다는 솔로몬 역시 인간의 삶이 덧없음을 신랄하게 표현했다. 그는 한평생 사람이 누릴 수 있는 모든 것들을 부족함 없이 누렸던 사람이다. 그런 그가 인생 말년에 인간세상의 모든 것들이 다 헛되다고 고백했다.

전도자가 이르되 헛되고 헛되며 헛되고 헛되니 모든 것이 헛되도다
해 아래에서 수고하는 모든 수고가 사람에게 무엇이 유익한가
한 세대는 가고 한 세대는 오되 땅은 영원히 있도다
해는 뜨고 해는 지되 그 떴던 곳으로 빨리 돌아가고
바람은 남으로 불다가 북으로 돌아가며
이리 돌며 저리 돌아 불던 곳으로 돌아가고
모든 강물은 다 바다로 흐르되 바다를 채우지 못하며
강물은 어느 곳으로 흐르든지 그리로 연하여 흐르느니라
모든 만물이 피곤하다는 것을 사람이 말로 다 말할 수 없나니
눈은 보아도 족함이 없고 귀는 들어도 가득 차지 아니하는도다
이미 있던 것이 후에 다시 있겠고 이미 한 일을 후에 다시 할지라
해 아래에는 새 것이 없나니
무엇을 가리켜 이르기를 보라 이것이 새 것이라 할 것이 있으랴
우리가 있기 오래전 세대들에도 이미 있었느니라
이전 세대들이 기억됨이 없으니
장래 세대도 그후 세대들과 함께 기억됨이 없으리라.

삶에 대한 만족감을 나타내는 행복지수는 분자인 성과를 분모인 욕심으로 나눈 값이라 할 수 있다. 그런데 나이가 들어갈수록 분자인 성과를 키우려면 힘이 든다. 따라서 행복지수를 키우기 위해서는 분모인 욕심을 줄이는 수밖에 없다. 아무것도 잃어버릴 것이 없는 인생은 마음과 생각이 가뿐하다. 갖고 싶은 것이 없으니 안달복달하면서 억척스럽게 살아갈 필요가 없다. 그런데 말이 쉽지 사실 욕심을 버리기란 어려운 일이다. 욕심이 없다고 말하지만 눈을 감고 뜨면 사고 싶은 것, 갖고 싶은 것이 생긴다. 사람을 병들게 하는 욕심을 조절하는 방법은 무엇일까? 욕심을 버리면 평안하고 자유로운 인생을 살 수 있는데, 욕심을 버리지 못하기 때문에 스스로를 온갖 두려움의 포로로 만들어버린다.

내 인생을 두렵게 만드는 욕심을 버릴 수 있는 방법은 무엇일까? 이를 위해서는 겸손해져야 한다. 또 절제의 미덕을 배워야 한다. 그리고 포기할 줄 알고 비워야 하며 낮아져야 한다. 하지만 말처럼 쉽지가 않다. 그러나 이제 중년은 그 연습이 필요한 시점에 와 있다. 우리가 젊었을 때는 마음만 먹으면 무엇이든 가능했다. 열정이 있고 에너지가 넘쳤다. 어쩌면 무모하게 느껴지는 행동들이 박진감 넘치고 멋지게 보였다. 그러나 중년이 되면서 그렇게 할 수도 없다. 자신의 치기어린 행동으로 말미암아 주변의 많은 사람들이 불행에 빠지지는 않을까 하는 우려가 앞선다. 자유로운 영혼의 삶은 자신은 행복감과 희열을 느낄 수 있겠지만, 자신을 둘러싸고 있는 사람들을 당혹스럽게 그리고 불행하게 만들 수도 있다.

지금 중년이 된 많은 이들은 청소년기에 너대니엘 호손^{Nathaniel} Hawthorne, 1804~1864 의 〈큰바위 얼굴〉을 감명 깊게 읽었을 것이다. 이 작품은 짧은 내용이지만 사람들에게 긴 감동과 여운을 남긴다. 위대한 인물이란 부나 명예를 지닌 세속적으로 성공한 사람이 아니라, 성실하고 진실한 삶을 살고 타인에 대한 사랑을 실천하는 사람이라는 내용을 담고 있다. 주인공 어니스트는 어렸을 때 어머니로부터, 언젠가 이 마을에서 숭고하고 진실 되며 다정한 표정을 지닌 '큰바위 얼굴'을 닮은 위대한 인물이 태어날 것이라는 내용의 전설을 듣는다. 그때부터 어니스트의 가슴속에는 이다음에 자라서 그 사람을 꼭 만나보았으면 좋겠다는 꿈이 자리잡는다.

세월이 흐르면서 백만장자, 수많은 전쟁을 승리로 이끈 백전의 노장, 저명한 정치가 등 여러 사람이 예언의 인물로 지목되곤 했다. 그러나 그들 속에 전설의 주인공은 없었다. 어니스트는 젊을 때 그 고장에서 평범한 삶을 살아왔다. 그러나 백발의 노인이 되어가는 인생의 행로에서 그는 시련을 통해 많은 지혜를 얻은 덕분에 주변 사람들로부터 현명한 노인으로 존경받으며 살아가고 있다. 그때 그 마을에서 태어난 유명한 시인이 어니스트의 소문을 듣고 그를 만나러 찾아온다. 시인은 사람들에게 설교를 하고 있는 어니스트의 얼굴에서 큰바위 얼굴의 모습을 발견하고, 어니스트야말로 큰바위 얼굴을 닮은 사

자신이 힘 있는 사람이 되기 위해 힘을 쓰다 보면
'힘 있는 사람'이 아니라 '힘든 사람'이 된다.
내 생각의 힘을 빼고, 손을 펴서 곁에 있는 사람의 손을
따뜻하게 잡아주고, 반갑다고 손을 흔들어주고,
힘들어하는 사람이 있으면 그 사람의 무거운 짐을 같이 들어준다.
그러면 당신의 마음은 평강을 얻을 것이고,
주변 사람들은 저절로 당신을 사랑과 존경으로 대할 것이다.

람이라고 소리친다.

한때 '내려놓음'의 열풍이 불었다. 〈더 내려놓음〉이란 책이 나오기까지 했다. 그런데 원래의 이 내려놓음은 종교적인 의미에서 나온 것이다. 기독교에서 가르치는 예수님의 삶을 닮기 위해 노력하는 것을 뜻한다. 그러나 우리의 일상에도 적용이 가능하다. 세상의 유혹이나 권력의 압제에 굴하지 않는 강인함을 견지하면서 다른 한편으로는 주변 사람을 위해 자신을 드러내지 않고 선을 행하며 살아가는 자세가 중요하다는 것이다. 내 것이 아닌 것, 그리고 비본질적인 것들을 버릴 때 더 많은 것을 누릴 수 있는 자유와 풍요가 생긴다는 뜻이다.

자신이 힘 있는 사람이 되기 위해 힘을 쓰다 보면 '힘 있는 사람'이 아니라 '힘든 사람'이 된다. 타인으로부터 존경과 사랑을 받으려면 나 자신을 낮추고 다른 사람들에게 먼저 사랑과 친절을 베풀어야 한다. 내 생각의 힘을 빼고, 손을 펴서 곁에 있는 사람의 손을 따뜻하게 잡아주고, 반갑다고 손을 흔들어주고, 힘들어하는 사람이 있으면 그 사람의 무거운 짐을 같이 들어준다. 그러면 당신의 마음은 평강을 얻을 것이고, 주변 사람들은 저절로 당신을 사랑과 존경으로 대할 것이다.

세계를 정복한 정복자 알렉산더 Alexander, BC 356~BC 323 대왕과 세상을 미천하게 살아가던 철학자 디오게네스 Diogenes, BC 412~323 의 일화는 우리

에게 커다란 귀감을 준다. 알렉산더가 세상을 정복한 뒤 소문으로만
듣던 현자 디오게네스를 찾아갔다. 그때 디오게네스는 자신의 오두막
에서 햇볕을 쬐며 휴식을 즐기고 있었다.

알렉산더가 말했다.
"난 천하를 정복한 알렉산더 대왕이다. 디오게네스여! 원하는 것
이 있으면 무엇이든 말하라, 들어줄 테니까!"

디오게네스는 이렇게 답했다.
"아, 그러신가요! 그러면 저 햇빛을 방해하지 않도록 비켜서 주
십시오."

알렉산더는 제국의 대왕답게 이렇게 응수했다.
"만약 내가 정복자가 되지 않았다면 디오게네스와 같은 사람이
되고 싶었을 것이다!"

이후 두 사람은 같은 날 죽었다. 그리고 두 사람은 저승으로 가
던 중에 강가에서 마주쳤다. 알렉산더 대왕이 먼저 이렇게 인사했다.
"아, 당신, 다시 만났군! 정복자인 나와 노예인 당신 말이야!"

디오게네스가 대답했다.
"아, 그렇군요. 다시 만났군요! 정복자 디오게네스와 노예 알렉

산더가 말입니다. 당신은 정복을 향한 욕망의 노예 알렉산더이고, 난 속세의 모든 열정과 욕망을 정복한 정복자죠."

　　지금의 중년들은 반세기 이상의 삶을 살아오는 동안 거칠고 험난한 수많은 격랑들과 맞닥뜨렸지만, 그때마다 이를 슬기롭게 헤쳐나왔다. 그리고 그들은 지금의 이 순간에도 절제와 내려놓음의 미덕을 간직한 채 안분지족安分知足의 현인마냥 자신의 자리를 묵묵히 지키며 살아가고 있다. 그것이 자신에게 주어진 운명이자 감당해야 할 인생의 무게라고 생각하면서. 아니 오히려 그것이 행복이라고 여기면서….

오래된 것이 아름답다

청춘은 그 자체가 아름다움이다. 당연히 중년에도 중년의 아름
다움이 있다. 그런데 이 중년의 아름다움은 세월의 흐름 속에 부닥치
게 된 수많은 풍상들을 겪으면서 터득한 삶의 지혜에서 비롯된다. 대
기만성大器晚成이라는 말이 있듯 좋은 작품이 되려면 오랜 기간 동안 숙
성되어야만 한다. 그래서 오래된 것은 아름답다.

유럽은 세계 최대의 관광지역으로 정평이 나 있다. 관광 시즌뿐
만 아니라 철 지난 시기에도 수많은 관광객들이 유럽도시를 찾고 있
다. 유럽도시의 매력은 뭐니뭐니해도 그 고풍스런 외관에 있을 것이
다. 특히 '올드타운old town'은 타임캡슐을 타고 수백 년 전으로 돌아와
있는 것 같은 착각에 빠져들게 한다. 길바닥에는 고르게 잘라놓은 돌

멩이가 질서정연하게 박혀 있고, 거리에는 중세의 신비와 고색창연함을 간직한 건축물들이 즐비하다. 빛바랜, 그래서 훨씬 더 세련되어 보이는 건축물들, 그리고 왠지 우수에 젖어 있는 듯한 도시 분위기. 가장 높은 곳에는 수백 년도 더 된 고성이 위용을 자랑하며 우뚝 서 있다. 빛바랜 모습의 성당에서는 일정한 간격을 두고 종소리가 울려나온다. 찬란한 문화예술품을 간직한 박물관과 미술관들도 가득하다. 또 그곳에는 재미있는 역사가 있어 스토리를 즐길 수 있고 문화의 향기를 한껏 느낄 수 있다.

우리나라 사람들은 나이가 들어가면 주거지역으로 강남보다 강북을 선호하는 경향을 보인다고 한다. 강남은 각종 상업시설과 오락시설들이 밀집해 있어 살기에 편리하다. 그래서 젊은층들이 선호하는 지역이다. 이에 비해 강북은 덜 세련되었는지는 몰라도 왠지 마음이 편하고 정감이 간다. 또 지금의 중년들에게는 팔팔하던 청춘의 시기를 보내면서 경험했던 아련한 그 옛날의 추억들이 묻어 있기에 더욱 그러하다.

무엇보다 강북에는 고궁이 있어 좋다. 경복궁 주변 길은 가을 단풍이 아름답다. 수북이 쌓인 낙엽을 밟으며 고궁을 찾아나서는 그 마음에는 얼마나 낭만이 가득할까! 비가 오는 어느 가을날, 경복궁을 찾았다. 날씨 탓인지는 몰라도 궁 안에는 사람이 거의 없었다. 쓸쓸한 분위기 그 자체였다. 마치 고궁에 나 혼자 있는 기분이었다. 경회루 주변을 거닐다 모퉁이에 자리한 찻집으로 발길을 옮겼다. 어느덧 창밖에는 어둠이 내리기 시작했다. 따끈한 차를 마시며 내다보는 통유리 밖의 경복궁 풍광은 왠지 쓸쓸하게 느껴졌다. 갑자기 고독한 왕이 된 기분이 들었다. 도심 한복판에 있는 덕수궁은 고궁 자체보다 돌담길이 더 마음에 와 닿는다. 가을이 되면 돌담을 타고 내린 담쟁이덩굴이 붉게 물들어 가고, 길에는 노란 은행잎들이 수북이 쌓인다. 문득 추억을 떠올리며 이 거리를 거닐어본다. 이 거리는 비 내리는 여름보다는 낙엽 지는 가을이, 그 가을보다는 차라리 흰 눈 펑펑 내리는 겨울이 더 걷기 좋을 것 같다.

물건들도 빈티지 상품이 더 값어치가 있다. '빈티지 Vintage'란 원래 포도주가 만들어진 연도, 또는 특정한 연도나 지역에서 생산된 포도주를 의미한다. 그런데 이러한 와인은 오래 숙성될수록 더욱 맛이 좋다. 여기에서 유래되어 요즘에는 이 빈티지란 용어가 오래되어 좋은 것이라는 의미로 사용되고 있다. 빈티지 의류, 빈티지 가구 등등. 그런데 이 빈티지 상품들은 새것보다도 훨씬 더 인기가 있으며 가격도 비싸다. 빈티지 와인은 보통 와인에 비해 가격이 수십 배에서 수백 배 정도 더 비싸다. 위스키도 마찬가지다. 우리나라 사람들이 가장 사랑하는 고급술 중 하나인 발렌타인 30년산은 7년산에 비해 가격이 10배 정도 더 비싸다. 이는 세월의 흐름 속에서 그만큼 풍미가 더 깊어졌다는 것을 높이 평가하기 때문이다. 옷도 빈티지 상품이 좋은 것인지 오래전에 "막 입어도 10년을 입은 것 같고 10년을 입어도 막 입은 것 같다"

는 광고문구가 인기를 끈 적이 있었다. 명품 바이올린의 대명사인 '스트라디바리우스'. 이 바이올린은 다른 바이올린과의 차이를 쉽게 구별할 수 있을 정도로 소리가 다르며, 바이올린 연주자라면 누구라도 한번쯤 연주하고 싶은 바이올린이다. 그런데 이는 이탈리아의 명인 안토니오 스트라디바리 Antonio Stradivari, 1644?~1737가 무려 300여 년 전에 제작한 것이다. 그러나 지금까지도 음이나 품질, 연주의 용이성 등 어느 면에서도 스트라디바리우스에 필적할 만한 바이올린은 없다고 한다.

사람도 그러하다. 나이가 들어갈수록 더 멋이 나는 사람이 있다. 영화배우 조지 클루니 George Clooney와 메릴 스트립 Meryl Streep이 대표적인 인물이라 하겠다. 물론 그들은 젊은 시절에도 멋있었지만, 세월이 흐를수록 더 우아하고 세련된 멋과 여유를 발산한다. 아마 그들이 각고의 노력을 통해 내공을 쌓아왔기에 나이가 들어 그 결실을 맺은 것이 아닌가 싶다. 친구도 오래된 친구일수록 더 정겹고 좋다. 옛 친구는 언제 보아도 허물없이 편하게 대할 수 있다. 언제 만나도 스스럼이 없어 좋다. 이해타산 없이 그저 무료한 시간을 같이 나눌 수 있다. 또한 같이 살아온 세월에 대한 공감대를 가지고 있기에 이야기가 서로 잘 통한다. 명절 때 바쁘다는 핑계로 찾아보지 못한 고향의 부모님 산소를 나 대신 찾아 성묘를 해주는 친구의 마음 씀씀이가 고맙기만 하다. 그래서 나이가 들어가면 옛 친구를 찾게 되는가 보다.

아무리 세월이 흐르고 만물이 바뀐다고 해도 오래된 것이 좋다.

아무리 세월이 흐르고 만물이 바뀐다고 해도 오래된 것이 좋다.
길들여진 것이 좋고 익숙해진 것이 좋다.
추억은 세월이 흐르면 흐를수록 씻기고 닳아서 희미해지지만,
색이 바랜 추억이라도 다시 꺼내 볼 수만 있다면 즐거울 것이다.
우리에게는 소중하고 아끼고 싶은 오랫동안 함께한 우정이,
물건이, 추억이, 환경이 많아서 다행이다.

길들여진 것이 좋고 익숙해진 것이 좋다. 세월의 흔적이 몸에 배어서 인가, 아니면 지난 세월의 자신을 돌아볼 수 있어서인가, 어쨌든 오래 된 것이 아름답기만 하다. 추억은 세월이 흐르면 흐를수록 씻기고 닳 아서 희미해지지만, 색이 바랜 추억이라도 다시 꺼내 볼 수만 있다면 즐거울 것이다. 우리에게는 소중하고 아끼고 싶은 오랫동안 함께한 우정이, 물건이, 추억이, 환경이 많아서 다행이다. 그중에서도 오랜 세월 삶을 같이해 온 인생의 반려자가 가장 소중하다. 그 사람이 곁에 있다는 것이 무엇보다 행복한 일이다.

얼마 전에 그전에 살던 암자에 가서 며칠 묵어왔다.
밀린 빨래거리를 가지고 가서 빨았는데,
심야전기 덕에 더운 물이 나와 차가운 개울물에서보다
일손이 훨씬 가벼웠다.
탈수기가 있어 짜는 수고도 덜어 주었다.
풀을 해서 빨랫줄에 널어 말리고 다리미로 다리는 일도
한결 즐거웠다.

다락에서 아직도 쓰이고 있는 두 장의 걸레를 보고
낯익은 친구를 만난 듯 만감이 새로웠다.
이 걸레는 이 암자가 세워진 그날부터 함께 지내온 청소도구다.
1975년 10월 이 암자가 옛터에 새로 지어졌는데
그때 노보살님이 손수 걸레를 만들어 가져 오셨다.

지금은 대개 타월을 걸레로 쓰지만 30년 전인 그 시절만 해도
해진 옷을 버리지 않고 성한 데를 골라 띄엄띄엄 누벼서 걸레를
만들어 썼다. 그때 대여섯 장 가져 오셨는데 아직도 두 장이
남아 세월을 지키고 있다.
빨아서 삶았더니 아직도 말짱했다.

그곳에는 내가 다래헌 시절에 쓰던 양은 대야가 두 개,
아직도 건재하다.
하나는 발을 씻거나 걸레를 빨 때 쓰는 하복대야이고,
이보다 조금 큰 것은 상복대야로 세수를 할 때 쓴다.
그때 무슨 생각에서였던지 하복대야 가장자리에 '67.12.3'
이라고 새겨 놓았다. 못을 대고 장도리로 또닥거려 점선으로
새겨 놓은 것이다.
37년 동안 세월의 풍상에 씻겨 많이 찌그러지고 벗겨지기도
했지만 아직도 대야로써 생명력을 지니고 있다.

이런 것이 시주물건을 귀하게 여긴 전통적인 승가의 가풍이다.
그 시절에는 지구 생태계도 환경문제도 오늘처럼 심각하지 않았다.
물론 요즘은 절에서도 이런 검약한 가풍이 점점 사라져 가고 있다.
넘치는 물량의 공세가 우리 정신을 병들게 한다.
그 많은 것을 차지하고서도 고마워하거나 만족할 줄을 모른다.
살아가는 데에 꼭 필요하지도 않은 것들에 정신과 눈을 파느라고

세상의 아름다움을 바라볼 여유마저 잃어가고 있다.

그곳 윗채 부엌문 한쪽 기둥에는 낡은 거울이 하나 걸려 있다.
가로 22센티미터, 세로 40센티미터, 뒤쪽 판자에 붓글씨로
'72년 7월 13일 손수 삭발기념'이라고 씌어 있다.
중이 제 머리 못 깎는다는 속설이 있는데 이는 허무맹랑한 거짓말
이다.
72년 7월 13일 이전에는 나도 삭발할 때 남의 손을 빌렸었다.
때가 되면 우리 방에 와서 삭발해 주던 스님이 무슨 일로 병원에
입원하는 바람에 마음을 내어 손수 삭발을 시도했었다.
한군데도 잘못 베지 않고 말끔하게 삭발을 하고 나니 기분이 너무
좋았다.
그전까지는 혼자서 산에 들어가 살면 삭발 일이 은근히 걱정이었는데
손수 삭발을 할 수 있어 너무 기뻤다.
그 길로 동대문 시장 유리 집에 가서 지금 이 거울을 사온 것이다.
이 거울을 들여다보면서 삭발뿐 아니라 내 얼굴에 내린 세월도
함께 읽으면서 지내왔었다.
오래된 것은 아름답다.
거기에는 세월의 흔적이 배어 있기 때문이다.
그 흔적에서 지난날의 자신을 되돌아볼 수 있다.

- 법정스님, 〈오래된 것은 아름답다〉 중에서

대한민국 아줌마로 살아가기

　　"열아홉 처녀 때는 수줍던 그 아내가 첫아이 낳더니만 호랑이로 변해버렸네!~" 지금은 많이 달라졌지만 중년에 접어든 우리나라 여자들이 살아온 삶은 한마디로 자기희생의 길이었다. 이들은 가정을 위해 자신은 없는 존재로 살아왔다. 이것이 결국은 대한민국을 이나마 잘살 수 있게 만든 원동력이 되었다. 아줌마로 지칭되는 한국 중년 여성의 모습, 이는 우리가 알고 있는 우리의 어머니상으로 오버랩 overlap된다.

　　우스갯소리로 사람의 종류에는 세 가지가 있다고 한다. 여자, 남자, 그리고 아줌마. 사전에서 아줌마의 뜻을 찾아보면 '아주머니'를 낮추어 이르는 말이라고 되어 있다. 오늘날에는 주로 '결혼한 여자'를 평범하게 부르는 말로 쓰인다. 그러나 일반적으로 우리 사회에서 아줌마는 긍정과 부정이 함께 섞인 '억척스럽고 자녀를 위해 헌신하는 여성'으로 인식되기도 한다. 오죽 유명하면 옥스퍼드 대사전에 고유명사로 등재되었다는 이야기가 있을까?

일반적으로 알려져 있는 아줌마에 대한 부정적 인식을 소개하면 다음과 같다. "그들은 우선 외양부터가 대체로 볼품이 없다. 머리를 짧게 자르고 파마를 했다. 몸매도 매력이 없기는 마찬가지다. 뱃살이 몇 겹씩 삐져나와 있고, 허리통 굵기가 가슴둘레와 같다. 옷차림은 소위 몸뻬 바지를 입었거나 아니면 빛이 바래거나 후줄근한 옷을 맵시 없게 입었다. 행동거지는 더 볼품이 없다. 지하철이나 버스에서 자리가 나면 그 자리를 차지하려고 승객들 사이를 뚫고 몸을 날린다. 자신이 앉기 위해서라면 그런대로 넘어갈 수 있겠지만, 만약 어렵게 확보한 그 자리를 자신의 자식에게 건네줄 경우 아이는 민망해 차마 고개를 들지 못한다.

일명 아줌마는 막무가내의 대명사이다. 아이들은 이러한 엄마와 같이 다니는 것을 창피하게 여긴다. 도무지 우아함은 찾아볼 수 없고 차라리 민망하고 무례하게까지 느껴진다. 시장에서 물건을 사려고 할 때는 먼저 시식부터 해본다. 괜찮다고 여겨지면 가격흥정을 한다. 우선 가격을 절반 이하로 후려쳐놓고 시작한다. 이뿐만이 아니다. 가격흥정이 끝난 뒤에는 장바구니에 물건을 한 움큼 더 집어넣는다. 이 아줌마들이 직접 취업전선에 뛰어들기도 한다. 남편의 벌이가 신통치 않거나 혹은 남편이 일자리를 잃게 되면 아줌마들은 가족을 먹여살리기 위해 장터에 좌판을 펼치고 나선다."

이 억척스러운 아줌마들에게도 약한 구석이 있다. 바로 가족, 그 중에서도 자식들이다. 아줌마에게 유일한 우상은 자식이다. 자신의 존재는 없다. 그들은 가족과 자식을 위해서라면 염치고 체면이란 애시당초 존재하지 않는다. 특히 자녀들의 교육에 지나치게 집착하는 경향을 보인다. 자녀를 더 좋은 학교에 보내기 위해 자기 집은 전세를 주고, 학원이 밀집해 있기에 전세 가격이 턱없이 비싼 강남지역을 찾아 좁은 주거공간을 참아가며 옹색한 전세살이를 한다. 현대판 '맹모삼천지교孟母三遷之教'이다. 학원과 국내외 대학에 관련된 정보를 수집·분석하느라 여념이 없다. 또 자녀가 다니는 학원이 끝나는 밤늦은 시간까지 기다렸다가 자녀들을 집으로 태워간다. 집에 와서도 아이를 뒷바라지하다 아이가 잠든 뒤에야 비로소 자신도 무거운 몸을 누인다.

그러나 가끔은 이 교육열의 도가 지나쳐 문제를 불러일으키기도 한다. 바로 치맛바람이다. 이는 자신이 이루지 못한 꿈을 자식을 통해 대리만족하기 위한 심리인지는 모르겠는데, 자녀들에게 학업을 강요하여 스트레스를 유발하거나 촌지 제공의 비리를 낳기도 한다. 아이들은 이런 엄마가 창피해 멀리 도망쳤다. 그러나 세월이 흘러 그 자식들이 철들게 되면 이런 어머니에게 감사를 드린다. 그 어머니의 희생과 뒷바라지가 있었기에 오늘의 자신이 존재할 수 있음을 깨달은 것이다. 자식들, 남편, 시부모님 챙기느라 막상 자기 몸 하나 제대로 돌보지 못한 대한민국의 어머니들, 그 자화상이 바로 아줌마로 투영된 것이다.

어머니! 여자는 약하다. 그러나 어머니는 강하다. 자식 입장에서는 영원한 고향이고 안식처이자 살아계실 때나 돌아가셨을 때나 가장 그리운 존재이다. 자식들에게 아버지란 아무래도 좀 껄끄러운 존재이다. 집에서 아버지와 대화할 기회란 거의 없거나, 있더라도 아주 사무적이다. 아버지를 대하는 말투도 깍듯하다. 반면 엄마와 얘기할 때는 분위기가 사뭇 다르다. 다정하고 편하다. 속에 있는 말도 엄마에게는 거침없이 털어놓는다. 호칭도 어머니가 아니라 그냥 '엄마' 다. 이렇게 어머니란 존재는 가족과 가정을 위해 헌신적이며 희생적이라는 신성한 이미지를 갖고 있다. 영국문화원이 실시한 '가장 아름다운 단어' 설문조사에서도 'Mother(어머니)' 가 'Love(사랑)' 나 'Family(가족)' 를 제치고 1위를 차지했다.

어머니를 소재로한 이야기 한 토막. 사랑에 눈먼 한 젊은이가 있었다. 그는 연인에게 변하지 않을 사랑을 고백했고, 연인은 자신을 진정으로 사랑한다면 그의 어머니 심장을 가져오라고 했다. 당장 집으로 달려간 그는 어머니의 심장을 꺼내어 연인이 있는 곳으로 향했는

데, 너무 서두른 탓에 그만 돌부리에 걸려 넘어지고 말았다. 동시에 어머니의 심장도 길가에 내동댕이쳐지고 말았다. 그러자 어머니의 붉은 심장이 말했다. "얘야! 어디 다친 데는 없니?"

어머니! 당신은 오래 참고, 온유하며, 자랑하지 아니하며, 자기의 유익을 구하지 아니하며, 성내지 아니하며, 악한 것을 생각하지 아니합니다. 그리고 자식을 위해서는 모든 것을 참으며, 모든 것을 믿으며, 모든 것을 바라며, 모든 것을 견딥니다. 어머니, 당신의 한없는 헌신과 희생에 감사드립니다. 그리고 당신의 속을 썩어 들어가게 만들어 죄송합니다. 어머니, 당신을 사랑합니다!

어머니는 그래도 되는 줄 알았습니다.
하루 종일 밭에서 죽어라 힘들게 일해도

어머니는 그래도 되는 줄 알았습니다.
찬밥 한 덩이로 대충 부뚜막에 앉아 점심을 때워도

어머니는 그래도 되는 줄 알았습니다.
한겨울 냇물에서 맨손으로 빨래를 방망이질해도

어머니는 그래도 되는 줄 알았습니다.
배부르다. 생각 없다. 식구들 다 먹이고 굶어도

어머니는 그래도 되는 줄 알았습니다.
발꿈치 다 헤져 이불이 소리를 내도

어머니는 그래도 되는 줄 알았습니다.
손톱이 깎을 수조차 없이 닳고 문드러져도

어머니는 그래도 되는 줄 알았습니다.
아버지는 화내고 자식이 속 썩여도 끄떡없는

어머니는 그래도 되는 줄 알았습니다.
외할머니 보고 싶다 외할머니 보고 싶다… 그것이 그냥 넋두리인 줄만

한밤중 자다 깨어 방구석에서
한없이 소리 죽여 울던 어머니를 본 후론
아, 어머니는 그러면 안 되는 것이었습니다.

　　　　　　　　– 심순덕, 〈어머니는 그래도 되는 줄 알았습니다〉

아버지의 무게

"좋은 아빠가 되기 위해 나쁜 놈이 되었다." 모두가 어렵게 살던 그 시절, 수입이 꽤 괜찮은 직장이나 일거리를 찾기란 매우 어려운 일이었다. 게다가 교육을 제대로 받지 못한 상황이라면 더욱 그러했다. 그리하여 가족들이 경제적으로 보다 나은 생활을 할 수 있도록, 그리고 자라나는 아이들만은 자신과 달리 좋은 여건 속에서 제대로 된 교육을 받을 수 있도록 하기 위해서, 한 집안의 가장이자 아버지인 자신은 사회적으로 나쁜 놈이 되기로 결심했다. 그래서 뒷골목의 범죄조직에 몸담아야 했고 결국 형무소에서 남은 삶을 보낼 수밖에 없었다.

아버지는 가장으로서 가족을 먹여살려야 하는 책임감을 항상 끌어안고 살아가야만 했다. 하늘의 별따기만큼이나 어려웠던 직장을 구해야 했고, 또 어렵사리 직장을 구했다 하더라도 직장생활은 그 직장을 구하는 것 이상으로 어려웠다. 애당초 휴일이란 생각할 수 없었고 거의 매일 야간작업을 해야 했다. 게다가 직장상사의 잔소리는 왜 그리 심한지, 하루에도 몇 번씩 이놈의 상사를 한번 혼내주고 직장을 박차고 나가고 싶었다. 그러나 그럴 수가 없었다. 가족들의 모습이 눈앞에 어른거렸기 때문이다. 그래서 모든 어려움을 참고 또 참았다. 어쩌다 시간이 나면 직장동료들과 어울려 폭음을 하며 성질 더러운 직장상사를 잘근잘근 씹어댔다. 이런 재미없고 어려운 시간들이 반복되는 가운데 자신의 몸과 마음은 병들어갔다.

그러나 몸이 아프더라도 가족들에게는 일체 내색하지 않았다. 왜냐하면 자신은 가장이고 아버지였기 때문이다. 그리고 가장인 아버지는 항상 근엄해야 한다는 신념과 같은 생각에 사로잡혀 있었기 때문이다. 그래서 병을 키웠다. 견디다 못해 결국은 병원신세를 지게 되었고, 진단 결과 암이란다. 그것도 말기라고 했다. 의사는 왜 이제야 병원을 찾았느냐고 오히려 핀잔을 준다. 조금이라도 일찍 병원을 찾아 치료를 받았더라면 그리 어렵지 않게 고칠 수 있었을 터인데 왜 이렇게까지 병을 키웠느냐고 나무란다. 이제는 더이상 살아날 가능성과 희망이 없게 되었노라고. 이 모든 것이 아버지의 무게였다. 지금의 중년들은 이 아버지의 무게를 감당해 내야만 했던 것이다.

1997년 말 IMF 경제위기가 닥쳤다. 전대미문의 격랑의 회오리

속에서 수많은 중년들은 직장을 잃었다. 그러나 그들은 이를 가족들에게 알릴 수가 없었다. 가족들이 대책 없는 걱정을 하염없이 할까 두려워 차마 입을 떼지 못했다. 직장에서 쫓겨난 그들은 가족들에게 직장에 간다며 집을 나와서는 갈 곳이 없어 이곳저곳을 헤매고 다녔다. 혹시 일할 곳이 있는지를 알아보거나 또는 귀가할 때까지 시간을 메우기 위해서 그들은 한 집안의 가장이자 아버지로서의 자존심을 지키고 싶었다. 그래서 모든 걱정은 자신이 혼자 짊어지고 가겠노라고 마음먹었다. 어쩌면 고개 숙인 남자가 되기 싫었던 것일지도 모른다. 전형적인 마초이즘^{Machoism}의 발로였다.

'기러기아빠'는 우리나라에만 있는 독특한 용어이다. 자녀의 해외유학에 아내를 딸려 보내고, 아버지는 홀로 한국에 남아 학비와 생활비를 보내주기 위해 열심히 일한다. 집에 들어가 보았자 아무도 반겨주는 이 없는 썰렁한 공간뿐이다. 외로움을 달래기 위해 거의 매일 밖에서 술을 마시다 보니 건강도 크게 망가진 상태이다. 소파에 쓰러져 심장마비로 숨져 있는 기러기아빠가 발견된 것은 숨을 거둔 지 며칠이 지난 뒤였다.

'가시고기'가 있다. 가시고기는 자식을 위해 희생적이다. 암컷 가시고기가 알을 낳고 떠나버리고 나면 수컷 가시고기는 알을 보호한다. 수컷 가시고기는 알을 안전하게 보호하기 위해 온몸에 상처가 나도 목숨 걸고 지킨다. 알이 모두 부화한 뒤에야 숨을 거두는데, 새끼

가시고기는 숨진 수컷의 살을 파먹는다. 수컷 가시고기는 목숨 걸고 새끼들을 지킨 뒤에도 자기 몸까지 새끼들을 위해 희생한다. 이 가시고기 이야기를 소재로 한 조창인 작가의 〈가시고기〉 소설은 이 땅의 우리 아버지상을 그린 작품으로, 출간 당시 독자들로부터 커다란 반향을 일으켰다. 이런 아버지상은 미국에서도 별반 다르지 않은 모양이다. 〈세일즈맨의 죽음 Death of Salesman〉은 1930년대 대공황 시절, 이미 나이 60세가 넘은, 시대에 뒤떨어진 미국의 한 평범한 세일즈맨이 실직한 뒤 좌절과 방황 끝에 자살을 택하는 내용을 그린 작품이다. 그는 마지막 순간에도 가족을 생각했다. 가족을 위해 보험금을 남기려고 고의로 자동차 사고를 내어 자신의 목숨을 끊는다.

영원히 아이들을 지켜줄 것 같았던 아버지의 넓은 등은 덧없는 세월 속에서 이제 아이들이 지켜줘야 할 만큼 작아졌고, 큰 세상을 바라보던 건장한 남자는 이제 가족만을 바라보는 소시민 아버지가 되어 있다. 지금의 중년들이 학창시절을 보낼 그즈음, 암울한 시대환경 속에서 그들은 방황하는 듯했다. 그러나 그들은 조국과 민족의 앞날을 걱정하는 열정과 패기, 순수함을 지닌 젊은이들이었다. 수업도 포기한 채 민주화를 외치며 길거리로 나섰다. 그런 가운데서도 젊은이다운 낭만과 멋, 여유를 누릴 줄 알았다. 통기타 문화를 만들어냈고, 헤세 Herman Hesse, 1877~1962 와 괴테 Johann Wolfgang Goethe, 1749~1832 의 문학을 논하며 윤동주, 박인환의 시를 암송했다. 사람 없는 찻집에 마주앉아 밤늦도록 시대정신에 대해 토론하기도 했다.

중년 그들의 육신은 많이 지쳐있었고
정신적으로도 방황하고 있었다.
그래도 그들은 자신의 삶을 사랑한다.
지나온 삶에 대한 자존심과 긍지 그리고 보람을 간직한 채
오늘도 그들은 자신의 주어진 삶에 최선을 다하며
묵묵히 살아가고 있다. 새로운 앞날에 대한 설계를 하면서….

그들이 대학을 졸업한 뒤 산업현장에 뛰어들었을 때 우리나라는 여전히 가난했다. 그들은 한번 잘살아보겠다며 열심히 몸부림쳤다. 밤낮없이 일했다. 자신의 젊음을 몽땅 일에 저당 잡힌 채. 마침내 그들은 해냈다. 그러나 그들의 육신은 많이 지쳐 있었다. 세계화와 정보화란 급속한 변화 물결에도 제대로 적응하지 못해 방황하고 있었다. IMF 경제위기를 맞으면서 자신의 모든 것을 바쳐 일했던 정든 직장에서 쫓겨나는 수모를 당하기도 했다. 그래도 그들은 자신의 삶을 사랑한다. 지나온 삶에 대한 자존심과 긍지 그리고 보람을 간직한 채 오늘도 그들은 자신의 주어진 삶에 최선을 다하며 묵묵히 살아가고 있다. 새로운 앞날에 대한 설계를 하면서….

3장

한강의 기적,
대한민국을 만들다

민주주의를 쟁취하다

　　1945년 8월, 광복을 맞은 기쁨도 잠시, 우리는 1950년 6·25전쟁을 맞게 된다. 국토는 완전히 쑥밭이 되었고, 정치·사회적으로는 극심한 혼란상태가 이어졌다. 정치가 바로 서지를 못해 부정부패가 만연했으며 국가기강이 문란했다. 당시의 우리 젊은이들은 한시바삐 나라다운 나라가 이 땅에 세워지기를 갈망하고 있었다. 그리하여 그들은 1961년 4월 19일 바른 정치의 실현을 요구하며 분연히 일어났다. 수많은 젊은이들이 피를 흘리고 쓰러졌다. 그러나 상황은 크게 나아지지를 않았다. 이러한 혼란을 틈타 군부가 현실정치에 뛰어들었다. 당시 그들은 상대적으로 교육을 많이 받은 엘리트집단이었다. 실제로 그들은 나라의 질서를 바로세우고 경제발전을 이루는 데 상당한 기여를 했다. 그러나 시간이 지날수록 점차 독재정치로 흘러갔다. 결국 장기집권을 뒷받침하는 유신체제가 등장했다. 그리고 정권유지를 위한 긴급조치가 수차례에 걸쳐 발동되면서 인권유린이 이어졌다. 그러나 대학생을 중심으로 한 우리 젊은이들은 이에 끈질기게 항거했다.

당시의 젊은이들에게는 나라를 위한 일이라면 자신의 희생은 커다란 문제가 되지 않았다. 이 땅에 민주주의를 뿌리내리기 위한 일이라면 언제든지 자신을 던질 각오가 되어 있었던 것이다. 그들은 후손들에게 떳떳하고 싶었다. 자신들은 그러지를 못했지만 다음 세대들만은 버젓한 나라에서 자긍심을 가지고 살아갈 수 있게 해주고 싶었다. 그러기 위해서는 우리나라가 경제발전뿐만 아니라 정치발전도 동시에 이루어져야만 한다는 신념을 갖고 있었던 것이다.

1979년 10월 26일, 국가원수가 시해되는 사건, 즉 10·26사태가 일어났다. 그 결과 유신과 긴급조치의 시대는 막을 내렸다. 이 무렵 전국 방방곡곡에서는 민주화를 요구하는 열망이 분출되었으며 연이어 시위가 벌어졌다. 이러한 사회적 현상을 두고 '서울의 봄'이라고 불렀다. 이는 1968년 체코슬로바키아에서 있었던 민주화운동을 지칭하는 '프라하의 봄'에 빗댄 말이기도 하다. 정녕 우리에게도 봄은 왔는가? 국민들은 희망에 들떠 있었다. 따뜻한 봄이 왔다고 믿었다. 그러나 이 모두가 일시적 환상이고 신기루에 지나지 않았다. 서울의 봄은 너무나 짧았다. 모든 것이 꽁꽁 얼어붙었던 겨울공화국은 그 이후 신군부 세력들이 집권하면서 약 10년 동안 더 지속되었다. 그동안 억눌렸던 정치적 욕구가 여기저기서 분출되고 있는 동안, 12·12사태로 권력을 장악한 신군부세력들은 별도의 비밀작업을 하고 있었다. 국회를 해산하고 국가비상사태 아래 국정을 보좌하는 기관인 '국가보위비상대책위원회(국보위)'를 새로이 설치한다는 구상이었다. 그들은 이 구상을 착실히 실행에 옮겼다.

1980년 5월 17일, 비상계엄이 전국으로 확대되었다. 연이어 민주화를 열망하며 시위를 벌였던 광주시민들이 무참하게 학살되었다. '5·18 광주민주화운동'으로 인해 수많은 생명이 꽃잎처럼 떨어지던 순간, 우리 모두는 절규했다. 총칼로 무장한 신군부 세력에 의해 민주세력의 함성은 무참히 짓밟혔다. 5·18은 우리 민족의 커다란 상처이고 아픔이다. 6·25전쟁 이후 같은 민족에게 총부리를 겨눈 비극적인 사건이었다. 그리하여 서울의 봄은 비극적인 막을 내리게 되었다.

지나간 시간을 되돌아보면 우리는 정말 살얼음판을 걷는 아찔한 순간을 살아왔다. 마침내 1981년 제5공화국이 들어섰다. 또다시 무시무시한 군사정권의 철권정치가 7년간 이어졌다. 5공화국의 임기 만료 시점이 점차 다가오자 후계자 문제에 대한 구상이 만들어지고 있었다. 구상의 핵심내용은 제5공화국 헌법을 고수함으로써 간접선거에 의한 차기 대통령을 선출한다는 계획이었다. 이는 차기정권을 사실상 자신의 후계자에게 물려주려는 의도였다.

그러나 젊은층을 비롯한 시민들은 이에 격렬히 항거하고 나섰다. 이것이 '6월 민주화항쟁(혁명)'이다. 당시 서울대 3년생이던 고故 박종철 군은 경찰 수사관들에게 물고문 등의 가혹행위를 당하다가 숨졌다. 사건 직후 "탁 하고 치니 억 하고 죽었다"는 경찰의 어처구니없는 사인 발표는 국민들의 분노를 일으켰고, 이는 마침내 '6월 민주화항쟁'의 도화선이 되었다. 이 항쟁(혁명)이 빛을 발하여 마침내 정부는 '6·29선언'을 발표했다. 이 선언에는 대통령 직선제 개헌을 통한 1988년 2월 평화적 정권 이양, 대통령 선거법 개정을 통한 공정한 경쟁 보장, 시국 관련 사범들의 석방과 기본 인권 신장을 위한 조치의 단행 등이 담겼다.

　　1987년 9월 12일, 헌정사상 처음으로 여야합의에 의해 대통령 직선제, 대통령 5년 단임제, 국정감사권 부활 등을 주요 골자로 하는 헌법개정안이 국회에서 통과되었다. 이어 10월 27일 개헌안이 국민투표로 확정되었으며, 그 법통은 지금에 이르고 있다. 다시 말해 이 땅에 새로운 민주주의 역사가 시작된 것이다. 이후 정권교체도 이루어졌다. 집권여당이 야당이 되고 또 야당이 여당이 되는 현상이 우리에게 실제가 되어 다가왔다. 이와 같이 정권교체가 이루어져도 별다른 혼란 없이 국정이 운영되었고, 또 정치보복 같은 현상도 큰 문제로 부각되지 않았다. 아울러 정치발전도 이루어졌다. 그 핵심적인 내용으로는 내 고장의 일꾼을 내 손으로 직접 뽑는 지방자치제도의 시행이라 할 것이다. 흔히 풀뿌리 민주주의제도라 불리는 이 지방자치제도는

1995년 시작되었다.

　5060시절을 거쳐 7080시절에도 민주화를 요구하는 대학생들의 시위가 연일 끊이지 않았다. 대학 캠퍼스는 항상 최루탄 가스에 절어 있었다. 여기저기 군인들이 총을 들고 서 있고, 학생들이 교련시간에 총검술훈련을 받는 모습이 눈에 띄었다. 이곳이 대학인지 군부대인지를 분간하기 어려울 정도였다. 그런 상황에서 학업이 제대로 이루어질 리가 없었다. 툭하면 휴교나 임시휴강 공고가 나붙었다. 그나마 수업이 있더라도 대다수 학생들은 데모하러 나가서 강의실에 앉아 있는 학생은 몇 명 되지 않았다. 더욱이 자신의 신념을 관철시키고 나라의 장래를 위해 몸부림치다가 끝내 유명을 달리한 학생도 더러 있었다. 시대의 고뇌였고 아픔이었다. 이러한 참담한 과정들을 거치면서 우리나라의 민주주의는 서서히 자라고 있었다. 반세기의 세월이 지나 마침내 꽃을 피우고 결실을 맺게 된 것이다.

꽃잎이 피고 또 질 때면
그날이 또다시 생각나 못 견디겠네
서로가 말도 하지 않고
나는 토라져서 그대로 와 버렸네
그대 왜 날 잡지 않고
그대는 왜 가버렸나
꽃잎 보면 생각하네
왜 그렇게 헤어졌나
꽃잎이 피고 또 질 때면
그날이 또다시 생각나 못 견디겠네
서로가 말도 하지 않고
나는 토라져서 그대로 와 버렸네
꽃잎 꽃잎～～

– 〈꽃잎〉 (영화 〈꽃잎〉의 삽입곡)

세계 13대 경제대국으로 우뚝 서다

　　6·25전쟁 당시 대한민국은 세계에서 가장 가난하고 희망조차 없었던 나라였다. 그러나 그후 꼭 반세기 만에 세계 어느 무대에서도 빠지지 않는 당당한 국가로 발전했다. 그 기간 동안 지금의 중년세대들은 잿더미 속에서 맨주먹으로 '헝그리 정신 hungry spirit' 과 '하면 된다 can do spirit' 는 일념 아래 앞만 보고 달려왔다. 그 결과 우리는 중진 경제권을 넘어 선진 경제권으로 발돋움했다. 흔히 이를 '압축성장' 으로 표현한다. 이는 세계경제사에 유례없이 짧은 기간 내에 이룩한 성과이기에 그러하다. 압축성장의 원동력은 다름 아닌 바로 '우리도 한번 잘살아보자' 며 죽을힘을 다한 '다이내미즘 dynamism', 곧 역동성에 있다.

　　1953년 민족상잔의 전쟁은 끝났다. 그러나 전쟁으로 전 국토는 잿더미로 변하고 말았다. 모든 것이 황폐화되고 사람들은 먹을 것이 없어 꿀꿀이죽이란 것으로 연명할 수밖에 없었다. 우리는 세계에서 가장 못사는 최빈국에 속했다. 방글라데시나 아프리카 국가들은 물론이고 북한보다도 가난했다. 국가경제활동에 필요한 대부분의 물자는 미국의 원조에 의존하는 실정이었다. 이런 상황에서 5·16군사쿠데타가 일어나 군부세력이 집권하게 되었다. 다행히 군부세력은 지긋지긋한 가난과 기아를 떨쳐내고 우리나라를 잘사는 나라로 만들겠다는 열정을 가지고 있었다. 그리고 그 열정을 즉각 실천에 옮겼다.

우리나라 경제사에서 1960년대부터 1980년대까지의 기간을 '개발연대'로 일컬을 정도로 이 시기에 한국경제는 비약적인 발전을 이루었다. 연평균 경제성장률이 거의 10% 수준에 달했다. '한강의 기적'을 이루었다. 1950년대의 절망적인 가난을 이기고 우리는 세계 중상위권 경제를 가진 국가로 비상하게 된 것이다. 그리고 이제는 선진국들의 사랑방이라고 불리는 경제협력개발기구OECD의 회원국이다.

이와 같이 우리 경제가 짧은 기간 안에 비약적인 경제발전을 이룩한 데는 '경제개발 5개년계획'이 매우 중요한 역할을 했다. 사실 5개년계획이란 사회주의식 경제체제에서나 있을 법한, 자유주의 경제에서는 보기 힘든 것이다. 그러나 우리는 시대상황과 리더십 그리고 국민들의 열정 등 여러 가지 요소들이 잘 들어맞아 결과적으로 대성공을 거두었다. 이는 '한강의 기적'을 낳은 밑거름이 되었으며, 지금

한창 도약단계에 있는 후발개도국들이 배우고자 하는 하나의 성공모델이자 지침서가 되었다. 이 5개년계획은 1962년 제1차 계획을 시작으로 7차까지 지속되었다. 초기의 5개년계획이 담고 있는 경제발전전략의 핵심내용은 대체로 자본동원 극대화를 통한 성장제일주의, 수입대체 공업화와 수출드라이브, 그리고 불균형성장 전략들이다. 이는 당시 우리의 경제사회 구조를 감안할 때 불가피한 선택이었다. 즉 되도록 빠른 시일 내 가난에서 벗어나기 위해, 또 생산된 제품의 판로개척과 달러를 벌어들이기 위해, 그리고 가용자원과 자본이 부족한 상황에서 '선택과 집중'을 위해 취한 전략들이었다.

성장제일주의는 경제규모의 급속한 확대와 국민소득의 증대를 가져왔다. 또 우리나라의 경제구조를 농업기반 구조에서 공업기반 구조로 변화시키는 원동력이 되었다. 이러한 급속한 경제발전을 이루는 과정에서 고속도로가 매우 중요한 역할을 했다. 1970년 7월, 우리나라 최초의 고속도로인 경부고속도로가 준공되었다. 이는 우리나라 근대화의 상징이자 산업화의 물꼬를 트게 한 대역사였다. 이로 인해 전 국토의 하루 생활권화가 가능해지고, 물류수송체계와 유통구조의 대혁신도 이루어졌으며 수출도 한층 더 원활해졌다.

수출산업화 전략은 단계적 접근방식이 주효했고 또 당시의 대외경제 여건과도 잘 맞아떨어졌다. 우선 1단계로 1970년대 초반까지 주요 수출 품목은 값싼 노동력을 바탕으로 한 가발, 신발, 섬유, 목재 등

경공업 제품에 역점을 두었다. 그때만 해도 우리나라는 아무런 기술도 자본도 없었다. 오직 값싼 임금만이 우리가 지닌 유일한 경쟁력이었다. 그 당시 당장의 밥벌이가 급했던 나이 어린 직공들은 진학도 포기한 채 공장에서 밤낮으로 열심히 일했다. 그들에게 '공돌이', '공순이'라는 낮잡아보는 이름이 붙여졌지만 개의치 않았다. 언젠가는 잘살 날이 올 거라는 희망을 가슴에 품고 있었기 때문이다. 이러한 과정에서 우리 경제는 기술축적이 가능했고 또 미래에 대한 자신감도 붙었다. 그래서 좀더 규모와 부가가치가 큰 중화학 분야로 눈을 돌릴 수가 있었다. 마침내 1973년 7월, 포항제철 준공을 계기로 우리나라는 경공업에서 중화학공업으로의 전환을 선포했다. 이는 우리의 방위산업육성 전략과도 맞아떨어졌다. 이후 중화학공업시설은 우후죽순처럼 늘어났다. 그러다 중복·과잉 투자의 문제가 생기기도 했다. 결국 1980년 5공화국에서 중화학시설 투자조정을 하기에 이르렀다. 이후 중화학공업은 안정된 기반을 구축하면서 경제발전의 견인차 역할을 수행해 오고 있다.

경제개발정책이 시작되기 이전인 1961년의 우리경제는 최빈국 중의 하나였다. 우리나라의 1인당 국민소득이 80달러 수준이었을 때, 북한 120달러, 필리핀 160달러, 아르헨티나는 1,300달러였다. 그래서 당시의 경제목표는 필리핀을 따라잡는 것이었다. 그 당시 우리나라 경제지표를 보면 1인당 GDP가 83달러, 수출이 4,100만 달러에 불과했다. 산업구조도 농림어업이 전체산업의 40% 이상을 차지하고 있었다.

우리나라 경제사에서 1960년대부터 1980년대까지의 기간을
'개발연대'로 일컬을 정도로 이 시기에 한국경제는
비약적인 발전을 이루었다. 연평균 경제성장률이 거의
10% 수준에 달했다. '한강의 기적'을 이루었다.
중요했던 요인은 경제를 일으키려는 지금의 우리
중년세대들의 열정적인 의지와 투지라 하겠다.

2014년 현재, 1인당 국민소득이 2만 8,000달러에 이르고 수출도 5,500억 달러를 넘어섰다. 농림어업 비중은 2.6%에 불과하다. 지난 60년 동안 1인당 국민소득은 거의 300배 증가했으며 수출은 1만 배 이상 늘었다. 산업구조는 전형적인 농업국가에서 공업국가로 바뀌었고, 이제는 공업국을 넘어서 서비스경제 국가로 변화해 나가고 있다. 우리나라 경제가 비약적인 발전을 이룩한 데는 물론 개발연대의 성공적인 발전전략의 역할이 매우 컸다. 그러나 이보다 훨씬 더 중요했던 요인은 경제를 일으키려는 지금의 우리 중년세대들의 열정적인 의지와 투지라 하겠다. 그 지긋지긋한 가난을 떨치고 우리도 한번 잘살아보겠다는 생각에서 불철주야 그저 앞만 바라보고 살아왔다. 그 피나는 헌신과 노력이 오늘날의 대한민국을 이룩한 것이다.

수출이 한창 열기를 뿜던 그 시절, 지금은 중년이 된 당시의 직장인들은 수출의 첨병이자 견인차 역할을 수행했다. 그들에게는 가정이 따로 없었다. 직장이 곧 가정이었다. 그들에게는 밤낮이 없었고 국경이 없었다. 불철주야 밤낮으로 일했고, 세계 어디든지 수출을 위해서라면 어떤 위험이 도사리고 있더라도 그곳으로 달려갔다. 그들은 '이쑤시개에서 미사일까지' 라는 캐치프레이즈로 전세계를 누볐다. 1년에 절반은 해외에서 바이어와 상담을 벌이기도 했다. 이들에게는 오로지 일, 일, 일, 그리고 수출, 수출, 수출, 그것만이 그들 인생의 목표이자 사는 보람이었다.

또 다른 이들은 달러를 벌기 위해 중동으로 향했다. 그 당시 우리나라 건설업체들은 풀 한 포기 없이 모래와 돌 그리고 흙바람만이 일고 있는 사막 한가운데에 자리하고 있었다. 섭씨 50도 안팎의 뜨거운 뙤약볕과 싸우며 우리나라 근로자들은 공사현장 옆에 설치된 조립식 막사에서 합숙을 하며 생활했다. 어느새 근로자들의 얼굴은 현지인과 구분이 안 될 정도로 검게 그을려 있었다. 그들은 휘몰아치는 흙바람에 모래가 밥 속으로 들어가더라도 그 모래 밥을 먹을 수밖에 없었다. 또 그들은 가족을 한국에 남겨두고 혈혈단신으로 파견되었다. 외로웠다. 그러나 그들은 고국에 남아 있는 가족들과 한번 잘살아보겠다는 일념 아래 이 모든 악조건을 견디고 이겨냈다. 섭씨 50도를 오르내리는 금녀, 금주의 땅에서 뜨거운 모래바람과 싸우면서도 공기단축을 위해 공사를 몰아붙였다. 그들은 보통 아침 6시 반부터 자정까지 일했다. 철야도 한 달에 열흘 넘게 했다. 당시 횃불을 밝힌 우리 업체들의 철야공사 현장을 본 파이잘 사우디아라비아 국왕은 "저렇게 성실한 사람들이니 공사를 더 맡기라."고 지시했다고 한다.

이러한 피눈물 나는 노력 끝에 마침내 우리나라는 세계 13대 경제대국으로 부상하게 되었다. 또 수출 세계 7위, 외환보유고 7위, 선박 건조량 1위, 철강생산 6위 등 많은 분야에서 두각을 나타내고 있다. 그리고 우리의 미래에 대해서도 매우 긍정적이다. 무엇보다 지난 수세기 동안 무에서 유를 창조하는 과정에서 축적된 개발경험과 기술력이 든든한 버팀목이 되고 있다. 여기에 뜨거운 교육열과 막강한 IT

산업기술, 그리고 세계가 감탄해 마지않는 역동성과 순발력까지 지니고 있지 않은가!

불과 10여 년 전만 해도 동방의 작은 나라 대한민국을 크게 눈여겨본 나라는 없었다. 우리나라 또한 스스로 변방이라 인정했고 항상 선진국들을 부러워했다. 그러나 이제는 아니다. 우리는 한강의 기적을 만들었고, 또 전세계 경제를 수렁에 빠뜨린 두 차례의 경제위기를 모두가 놀랄 정도의 빠른 속도로 극복해 냈다. 개도국들에게 우리의 개발경험을 전수하고 원조를 하는 나라가 되었다. 그리고 코리언드림을 꿈꾸며 수많은 외국근로자들이 우리나라를 찾아 몰려들고 있다.

고난의 운명을 지고,
역사의 능선을 타고,
이 밤도 허위적거리며 가야만 하는 겨레가 있다.
고지가 바로 저긴데 예서 말 수는 없다.

넘어지고 깨어지고라도
한 조각 심장만 남거들랑
부둥켜안고 가야만 하는 겨레가 있다.
새는 날 핏속에 웃는 모습 다시 한번 보고 싶다.

– 이은상, 〈고지가 바로 저긴데〉 중에서

외환위기를 극복하다

흔히들 1997년 12월 4일을 제2의 국치일이라고 한다. 이는 당시 우리의 경제주권을 일시적으로나마 IMF에 넘겨준 것을 두고 하는 말이다. 1997년 말 우리 경제에 미증유의 위기가 찾아들었다. 당시 외환은 바닥이 났고, 30대 재벌그룹 가운데 16개사가 해체됐으며 100여 개의 중소기업이 줄도산했다. 금리는 천정부지로 치솟았으며, 부동산 가격이 폭락했다. 거리에는 직장을 잃은 실업자들의 행렬이 넘쳐흘렀다. 이로 인해 그동안 땀 흘려 이룩해 놓은 경제성과를 일시에 날릴 뻔했다. 우리는 이 경제위기를 흔히 'IMF 경제위기'라고 부른다. 당시 이를 'I'm Fired.(나는 실업자다)' 혹은 'I'm Failed.(나는 망했다)'라고 신랄하게 비꼬기도 했다.

당시 한창 열심히 일하던 지금의 중년들은 그동안 열정을 쏟아 부었던 직장이 어느 날 갑자기 문을 닫거나, 혹은 기업규모를 줄여나 가는 과정에서 해고를 당해 실업자 신세가 되었던 것이다. 수많은 가장들이 직장과 사회로부터 버림받았다는 박탈감과 자괴감에 울분을 삼켜야 했다. 그리고 당장 생계가 막막해진 그들은 참으로 비통하고 암담한 현실에 치를 떨며 목 놓아 울었다. 그러나 그들은 이러한 어려움을 인내를 가지고 슬기롭게 극복해 나갔다. 사회 전반에 대한 구조 조정을 통해 그동안 우리 경제사회가 안고 있던 여러 가지 문제점들을 고치고 변화시켜 나간 것이다.

이 경제위기는 1997년 1월, 한보철강의 부도로부터 시작되었다. 그 이후 삼미그룹과 진로, 기아자동차 등 대기업들이 줄줄이 도산하거나 부도 처리되었다. 1999년 7월에는 당시 재계 순위 3위였던 대우그룹마저 워크아웃(Work-out)을 공식 신청했다. 이와 같이 기업들이 쓰러지자 기업들에게 자금을 빌려준 은행들도 덩달아 부실채권이 늘어나 문을 닫게 되었다. 은행은 절대 망하지 않는다는 신화가 여지없이 무너지는 순간이었다. 국외적으로는 태국 발 동남아시아의 외환시장 혼란이 우리에게도 결정적인 타격을 주었다. 우리나라 금융기관들은 동남아시아에 빌려주었던 자금을 회수할 수 없는 사태가 발생하면서 휘청거리게 되었다. 이러한 현상을 보고 있던 외국투자자들은 국내 금융기관에게 빌려주었던 자금들을 회수하기 시작하면서 외환부족 현상에 시달리게 된 것이다. 이것이 외환위기의 시작이었다.

IMF 경제위기의 상처가 점차 아물어갈 무렵 또다시 2008년
글로벌 금융위기가 터졌다. 그 파장이 우리나라에도
밀려왔음은 물론이다. 더욱이 갈수록 잠재성장률이 추락하고
고용없는 성장이 심화되는 등 새로운 성장통을 심하게 겪고 있다.
이를 극복해 나가는 것이 지금의 젊은 세대에게
주어진 이 시대의 숙제라 하겠다.

정부는 1997년 11월 22일, IMF에 불가피하게 구제금융을 신청했다는 사실을 발표했다. 이후 IMF는 12월 4일, 210억 달러의 구제금융자금 지원을 승인하면서, 지원조건으로 재정·금융긴축과 대외개방, 금융 및 기업의 구조조정, 기업의 투명성 제고 등 정책방향을 제시했다. 우리는 이를 적극 수용하여 추진해 나갔다. 물론 구제금융 수혜국인 우리로서는 일부 국내 상황에 맞지 않는 요구조건도 감내해야만 했다.

거시정책 면에서는 IMF의 주문에 따라 재정긴축과 고금리정책을 추진했다. 기업의 구조조정에 대해서는 기업경영의 투명성 제고와 수익성 위주의 경영방식을 유도했으며, 노동시장의 유연성 제고를 위한 노력도 강화했다. 기업회생 지원을 위한 워크아웃방식도 추진했다. 금융 구조조정 측면에서는 160조 원에 달하는 공적자금을 투입하여 부실을 정리하고 대외신인도를 향상시켰다. 이러한 시책을 추진한 결과 경제는 예상보다 빠른 속도로 회복되어 갔다. IMF 경제위기 발생 후 2년이 채 되지 않아 우리나라는 경제지표상으로 실업률을 제외하고 성장·물가·경상수지 등에서 외환위기 이전 수준을 거의 회복했다.

이와 같은 거시경제지표 호조에 힘입어 IMF 경제위기 당시 바닥을 보였던 외환보유고는 2000년 760억 달러에 육박했고, 외채상환도 순조로이 진행되어 우리나라는 처음으로 순채무국에서 순채권국으로 탈바꿈했다. 투자부적격 등급으로 추락했던 국가신용등급도 주요 국제신용평가 기관들이 투자적격 등급으로 상향 조정했다. 금융시장도 안정세를 되찾아갔다. 한때 달러당 2,000원을 상회하던 환율은 1,100원대의 안정세로 접어들었다. 30%대로 솟구쳤던 시장금리도 안정세를 보이면서 1998년 10월 이후 한자릿수로 하락했다. 1998년 6월 280선까지 하락했던 종합주가지수도 1999년 11월 이후 상승세를 타며 950~1,000포인트를 오르내렸다. 어음부도율도 외환위기 이전 수준으로 하락했으며, 하루 평균 부도업체 수는 1997년 말 128개에서 1999년 10월 20개 대로 떨어졌다. 호전된 경제상황과 늘어난 외환보유고를 바탕으로 먼저 고금리 차입금 135억 달러를 1999년 9월에 조기 상환했다. 이어서 일반 차입금 60억 달러도 2001년 1월부터 상환해서 같은 해 8월 23일, 1억 4,000만 달러를 최종 상환했다. 이로써 2004년 5월까지 갚도록 예정되어 있던 IMF 차입금 195억 달러를 전액 조기 상환했다. 이는 구제금융을 신청한 지 3년 8개월 만이며, 당초 예정보다 3년 가까이 앞당겨 빚을 청산한 것이다.

한편 이런 백척간두百尺竿頭의 위기에서 우리 중년세대들은 '금 모으기 운동'을 벌여 부족한 외환을 메우고자 했다. 제2의 국채보상운동이라 불렸던 이 '금 모으기 운동'에 서민들은 장롱 속에 있는 금을 기꺼이 내놓으며 동참했다. 하나같이 귀한 사연이 담겨 있는 소중한 징표들이었다. 신혼부부는 결혼반지를, 젊은 부부는 아이의 돌반지를, 노부부는 자식들이 사준 효도반지를 내놓았다. 운동선수들은 평생 자랑거리이며 땀의 결정체인 금메달을 내놓았다. 그 결과 약 227

톤의 금이 모였다. 모인 금은 대부분 수출되었고, 이를 통해 벌어들인 외화가 22억 달러에 달했다. 결국 금 모으기 운동으로 IMF로부터 차입한 부채의 10%를 갚은 셈이다. 금 모으기 운동과 함께 '아나바다' 운동도 전개되었다. 이는 '아껴 쓰고 나눠 쓰고 바꿔 쓰고 다시 쓰자'의 줄임말로, 국민들이 불필요한 재화낭비를 막고 알뜰한 생활을 통해 경제를 살리려는 범국민적인 차원의 운동이었다. 이는 IMF 경제위기가 한창 진행되고 있을 때, 종교계와 시민단체를 중심으로 본격적으로 시작되었다. 나중에는 기업과 지방자치단체뿐만 아니라 주부단체와 학교에서도 각종 바자회나 물품교환시장 등을 열어서 아나바다 운동에 적극적으로 참여했다.

우리가 이 어려운 경제위기를 거치면서 거두게 된 성과도 없지 않았다. 우리 경제사회의 시스템을 몇 단계 업그레이드할 수 있었고, 전 국민이 실전의 경제교육을 이수했다는 점이다. 그러나 지불한 레슨비가 너무 비쌌다. 한마디로 국민들의 아픔과 고통이 너무나 컸다는 것이다. IMF 경제위기의 상처가 점차 아물어갈 무렵 또다시 2008년 글로벌 금융위기가 터졌다. 그 파장이 우리나라에도 밀려왔음은 물론이다. 다만, 우리는 그동안 어느 정도의 면역력이 생겨 다른 나라에 비해서는 후유증의 강도가 덜했다. 그러나 우리경제사회는 잠재성장률이 추락하고 고용 없는 성장이 심화되는 등 새로운 성장통을 심하게 겪고 있다. 이를 극복해 나가는 것이 지금의 젊은 세대에게 주어진 이 시대의 숙제라 하겠다.

원조를 받는 국가에서
원조를 하는 국가로 바뀌다

한국국제협력단 KOICA에 근무하는 한 직원이 미국의 평화봉사단 Peace Corps을 방문했을 때의 일이다. 거기서 우연히 젊은 시절 한국에서 봉사단원으로 근무했던 직원을 만났다. 그 미국 직원은 자신이 봉사 단원으로 활동하던 당시만 해도 거의 희망이 없는 국가로만 생각했던 한국이, 오늘날 세계가 부러워하는 경제 기적을 일구어내 이제는 후 발개도국에게 원조를 하는 나라로까지 발전하게 된 것에 감탄과 경의 를 표하더란다. 미국의 PL480호 잉여농산물과 시리얼 cereal 등의 구조 품을 배급받기 위해 누런 삼베저고리를 걸치고 긴 줄을 늘어선 핏기 없는 어머니와 까까머리 아이들의 모습이 아직도 눈에 선하다. 그러 던 우리가 이제 남에게 도움의 손길을 주게 되었다니 참으로 상전벽 해桑田碧海가 아닌가!

우리나라는 해방 이후 1990년대 후반까지 약 120억 달러의 원조를 받았다. 특히 1946년~1980년까지 미국으로부터 가장 많은 원조를 받았다. 우리나라에 제공된 원조는 긴급구호부터 구조조정 프로그램까지 시대적 상황에 따라 성격을 달리하면서, 경제·사회 개발에 일조했다. 우리의 경제기반은 사실상 미국의 원조에 의해 시작되었다고 해도 과언이 아니다. 지금의 중년치고 미국의 원조 밀가루, 우유, 옥수수를 먹고 크지 않은 사람이 없을 정도이다. 또 아직도 다수의 AID 아파트가 있는데, 이 명칭은 1970년대 초반 미국의 국제개발처 Agency for International Development 가 지원한 원조자금으로 건설되어서 이름 붙은 것이다. 그리고 풀브라이트 장학금으로 미국에 유학을 다녀온 사람들은 우리 경제개발에 전문가로서 많은 역할을 했고, 미국의 평화봉사단원들은 우리의 교육여건과 위생환경 개선을 위해 많은 봉사활동을 펼쳤다. 2000년 8월부터 3년간 주한 미국대사를 지낸 스티븐슨(한국명 심은경)은 평화봉사단원으로서 충남 예산에서 영어교사를 한 경력이 있다.

그러던 우리가 1990년대 들어 '원조수원국 Recipient Country'에서 순수 '원조공여국 Donor Country'으로 지위가 전환되었다. 이러한 지위 변화는 전세계에서 우리나라가 유일하다. 그 결과 우리나라는 1995년 세계은행의 차관 졸업국이 되었고, 2000년 OECD/DAC 수원국 리스트에서도 제외되었다. 이로 인해 우리는 원조를 받기도 하고 주기도 한, 양쪽을 다 경험한 유일한 나라이다. 헤르만 헤세는 '사랑은 받을 때보다 줄 때가 더 행복하다.'고 말했다. 지난날 우리가 받았던 그 원조를

헤르만 헤세는
'사랑은 받을 때보다 줄 때가 더 행복하다.'고 말했다.
과거 우리가 받았던 그 사랑과 은혜에 보답하기 위해서라도
이제는 이를 돌려주어야 한다.
우리가 이제 남에게 도움의 손길을 주게 되었다니 참으로
상전벽해(桑田碧海)가 아닌가! 우리는 원조를 받기도 하고
주기도 한, 양쪽을 다 경험한 유일한 나라이다.

발판으로 우리는 이제 세계 10위권의 경제대국으로 부상했다. 과거 '원조를 받는 나라'의 꼬리표를 떼고 '원조를 주는 나라'의 시대를 맞이한 것이다.

우리는 1991년, 원조 업무를 총괄적으로 수행하기 위한 기구로 '한국국제협력단KOICA'을 발족시켰다. 또 청년해외봉사단원들을 구성해 원조할 나라에 이들을 파견하고 있다. 이 봉사단원들은 '나눔과 섬김'의 정신을 가지고 현지인들에게 봉사하고 있다. 그리고 이러한 무상원조와는 별도로 유상원조자금EDCF도 조성해서 개도국들을 지원하고 있다. 우리 주변에는 아직도 우리가 다른 나라를 원조하는 것에 대해 부정적 인식을 가진 사람이 없지 않다. 우리나라에도 헐벗고 못 먹는 사람이 많은데 외국에 원조를 하는 건 가당치 않다는 것이다. 북한 주민에 대한 인도적인 지원에 대해서도 곱지 않은 시선을 보내는 이들이 있다. 그러나 이는 그렇지가 않다. 과거 우리가 받았던 그 사랑과 은혜에 보답하기 위해서라도 이제는 이를 돌려주어야 한다.

국제개발협력의 핵심인 '공적개발원조ODA, Official Development Assistance'란, 한 국가의 중앙 혹은 지방정부 등 공공기관이나 원조집행기관이 개발도상국의 경제개발과 복지향상을 위해 개발도상국이나 국제기구에 제공하는 자금의 흐름을 뜻한다. 우리는 흔히 이를 단순히 '원조'라고 부른다. 그런데 원조란 반드시 공짜로 주는 것만은 아니다. 원조는 장기적인 투자이기도 하다. 우리가 원조를 하는 나라와의 무역을 확대할 수 있고, 자원협력 증진을 추진할 수도 있다. 그리고 경제뿐만 아니라 정치·사회·문화 등 모든 면에서 우리의 성실하고 진지한 협력파트너로 삼을 수 있다. 다시 말해 공여국이 수원국을 일방적으로 돕는 시혜적 관점보다는, 상호 파트너십을 강조하는 관점으로의 전환을 의미한다. 그리고 원조를 넘어서는 총체적인 협력방식의 필요성을 함의하고 있다. 즉 원조를 통해 전세계에 우리의 얼과 이미지를 심고 있는 것이다. 이와 함께 국제사회에서 우리가 이제는 성숙한 세계시민으로서의 역할과 자존심, 긍지를 키워나가는 계기가 된다는 점도 인식해야 한다. 이제 우리는 베푸는 사랑의 기쁨과 보람을 통해 우리 민족의 자존심을 고양시킬 수 있게 된 것이다.

우리나라가 '주는 원조'를 시작한 이후 지속적으로 그 규모를 늘리고 있다. 특히 2010년 '국제원조 선진국 클럽'으로 불리는 경제협력개발기구OECD 개발원조위원회DAC, Development Assistance Committee의 24번째 회원국으로 가입하면서 원조규모를 크게 늘렸다. 2013년 우리나라의 원조 규모는 약 17.4억 달러에 달하는데, 이는 2000년에 비해 그 규모가 8배 이상 늘어난 것이다. 2013년 DAC 회원국 28개국 전체의 원조 금액은 1,348억 달러였다. 그중 상위 5개국은 미국 316억 달러, 영국 179억 달러, 독일 141억 달러, 일본 118억 달러, 프랑스 114억 달러 순이다. 우리는 16위인데, 우리나라 전체 국민소득에서 차지하는 원조 규모의 비율(ODA/GNI)은 아직도 매우 낮은 편이다. 즉 UN의 권고치인 0.7%는 물론이고, 선진국 평균치인 0.30%에도 크게 못 미치는

0.13%에 머물고 있다. 이에 정부는 원조 규모를 우리의 경제 규모에 걸맞게 빠른 속도로 늘려나감으로써, 2015년에는 0.25%까지 끌어올 릴 계획이다.

한편 이러한 해외원조 활동뿐만 아니라 국내 기부활동도 점차 활기를 띠고 있다. 기업들이 학자금 조달에 어려움을 겪고 있는 학생 들에게 장학금 지원을 확대하고, 문화활동 지원 등 사회공헌 활동을 강화해 나가고 있다. 또 기부방식을 다양화하고, 기부 정보채널도 확 대하는 등 기부문화 환경을 많이 개선시킨 데 힘입어 개인들의 기부 행위도 늘어나고 있다. 특히 경제적으로 넉넉하지 못한 사람들이 기 부활동에 더욱 적극적으로 참여하는 모습은 우리들에게 감동을 주곤 한다. 몇 년 전 불의의 교통사고로 숨진 중국집 배달원 고故 김우수 씨 의 사연은 우리들의 가슴을 뭉클하게 했다. 그는 중국집 배달원 생활 을 하며 강남의 한 고시원에서 혼자서 어렵게 살았다. 그러면서도 그 는 70만원 안팎인 월급을 쪼개 매달 5만~10만 원을 형편이 어려운 어 린이들을 후원해 온 것으로 알려졌다. 그는 살아 있을 때 "나눔 앞에 서 가난은 결코 장애가 되지 않았다. 삶에서 어느 한 순간 빛이라고 할 만한 시간은 없었다. 그러나 매달 70만 원 월급을 쪼개 아이들을 도울 때만큼은 내 삶에서 가장 빛나고 행복한 순간이다."고 말했다.

한류라는 문화코드를
만들어내다

    지금의 중년세대들이 학창시절을 보냈던 1970년대 당시, 그들은 한 손에는 화염병을, 다른 한 손에는 통기타를 들고 있었다고 해도 과언이 아니다. 이러한 이중적인 모습 속에서 당시 젊은이들이 현실 사회의 삶에서 느끼는 아픔과 고뇌, 그리고 자유롭고 풍요로운 세상을 만들어나가고 싶은 이상의 갈림길에서 얼마나 방황하고 있었는지를 엿볼 수 있다. 당시 그들은 데모에 지쳐 있었다. 캠퍼스는 따가운 최루탄 가스에 찌들어 있었고, 임시휴강 공고가 하루가 멀다 하고 나붙었다. 그래도 그들은 보다 나은 미래세계를 향한 도전정신을 지니고 있었으며 젊음과 낭만에 대한 열정도 발산하고 싶어 했다. 그래서 청바지를 즐겨 입었고, 생맥주를 마시며 세상에 대한 이야기를 했다. 또 대학가 잔디밭에는 통기타를 치며 노래를 부르는 학생들의 모습도 흔히 보였다. 이런 풍경들 속에서 그들은 통기타와 청바지, 생맥주, 장발과 미니스커트 등으로 상징되는 새로운 청년문화를 만들어나가기 시작했다. 아마도 이런 것들이 쌓여 이후에 한류라는 문화코드를 낳는 밑거름이 되었을 것이다.

한동안 잠잠하던 한류열풍이 또다시 거세게 일어나고 있다. 이번 열풍의 진원지는 세계 최대의 시장 중국에서이다. 그러기에 그만큼 더 기대가 커지고 있다. 한국의 드라마가 다시 중국대륙에서 한류열풍을 재점화하고 나선 것이다. 얼마 전 SBS 드라마 〈별에서 온 그대〉(이하 〈별그대〉)가 흥행 성공을 뛰어넘어 신드롬을 불러일으키면서 중국 내 한류열풍이 일고 있다. 특히 중국 정치권에서도 한류에 대한 관심이 뜨겁다고 한다.

2014년 3월에 개최된 중국 최대 정치행사인 양회(전국정치협상회의, 전국인민대표대회)에서 〈별그대〉가 주요 화두가 됐다고 전했다. 그 자리에서 중국은 왜 한국처럼 좋은 드라마를 만들지 못하는지에 대한 논쟁을 하면서 중국 문화계의 각성을 촉구하는 발언이 쏟아졌다고 한다. "다양한 소재를 드라마로 만들어내는 한국 드라마의 상업화 능력을 본보기로 삼아야 한다.", "중국인들에게 열렬한 지지를 받으며 기록적인 시청률을 올리고 있는 〈별그대〉 같은 한국 드라마에 비해 중국 드라마는 많이 뒤떨어진다." 특히 중국 공산당 서열 6위인 왕치산 중앙기율검사위원회 서기는 "한국 드라마가 왜 중국을 점령하고, 바다 넘어 미국, 유럽에서까지 유행하고 있는지를 생각해 봐야 한다."고 말했다고 전한다. 2000년대 초반 한류의 폭발적 인기를 차단하려고 했던 것과 달리, 문화대국임을 자부하던 중국이 이제는 한류 배우기에 나선 것이다.

얼마 전까지 한류의 중심은 일본이었다. 지금도 여전히 일본에서 한류열풍이 불고 있지만, '욘사마'라 불리는 배용준을 중심으로 폭발적이었던 반응에 비하면 많이 약해진 것이 현실이다. 일본에서 한류에 대한 신선함이 떨어지고, 반한反韓 감정이 커지면서 국내 스타들의 일본 활동이 위축된 것이 한 이유다. 그런데 이렇게 시들해지던 한류열풍이 중국에서 재점화되기 시작했다. 원래 한류는 중국과 동남아 화교권에서 일고 있던 한국 대중문화 열기에서 시작되었다. 1996년 드라마를 시작으로 중국에 수출되기 시작한 한국 대중문화는 1998년부터 가요로 확대됐다.

한류라는 말을 처음 쓴 것도 중국 언론이었다. 2000년 2월 H.O.T의 중국 베이징 공연 당시 중국인들의 한국 대중문화에 대한 열광을 표현하기 위해 사용되었던 것이다. 한국에 대해 복잡한 감정을 가진 일본에서조차 드라마 〈겨울연가〉가 흥행하면서 '욘사마(배용준)', '지우히메(최지우)' 등의 한류스타가 탄생했다. 〈겨울연가〉의 성공을 바탕으로 국내 대다수 드라마가 아시아 전역으로 수출되며 한류열풍이 점화되었다. 이후 한류는 빠르게 확산되기 시작했다. 중국뿐 아니라 대만, 홍콩, 베트남, 태국, 인도네시아, 필리핀 등 동남아시아 전역으로 한류의 물결이 거세게 몰아쳤다.

이때까지만 해도 한류는 아시아권에 한정된 바람이라고 생각하는 사람이 대다수였고, 미주나 유럽에까지 한류가 확대되리라고 기대한 사람은 거의 없었다. 드라마 〈대장금〉이 이란에서 90% 가까운 시청률을 기록하고, 아프리카를 넘어 동유럽에서까지 선풍적인 인기를 끌었지만 일시적인 바람이라고 생각하는 이가 많았다. 이질적으로 보이는 감성과 주류언어도 아닌 한국어 노래가 서구인들의 마음을 사로잡기는 힘들다고 본 것이다. 그러던 중 K-POP 열풍이 POP의 진원지라 할 수 있고 문화적 자존심이 강한 영국과 프랑스 등 유럽 국가들에서 잇달아 일어났다. 그리고 커다란 성공을 거두었다.

한류가 진화된 과정을 살펴보면 총 3기로 구분할 수 있다. 지난 1996년~1997년 드라마 〈사랑이 뭐길래〉로 시작한 한류가 1기에 해당한다. 2000년대 들어 드라마 〈겨울연가〉, 〈대장금〉 등이 인기를 끌면서 중국과 일본, 동남아시아에 활발하게 전파된 시기가 2기에 해당한다. 그리고 K-POP을 중심으로 아시아를 넘어 유럽과 남미까지 진출해서 영향을 미치고 있는 지금은 3기 '신新한류'라 명명할 수 있을 것이다. 이제 한류는 지역뿐만 아니라 대상 분야에서도 그 지평을 넓혀나가고 있다. 기존의 한류가 드라마나 가요 위주로 열풍을 일으켰다면, 이제는 성형시술, 한복, 그리고 한국음식과 전통술 등 그 분야를

그동안 우리는 선진국가의 문화를 거의 받아들이기만 하는
입장이었으나, 이제는 오히려 그들에게 우리 문화를
수출·보급하고 있다. 물론 이는 우리 젊은이들의 눈물겨운
열정과 노력, 담력이 있었기에 가능했다.
또 지금의 중년들이 7080시절 통기타문화를 만들어냈던
그 감성과 열정이 결실을 맺은 것이기도 하다.

넓혀나가고 있는 중이다.

한류의 영향력은 대단하다. 우선 한류는 경제적인 측면에서 새로운 성장동력이 되고 있다. 기업에서 만들어 수출하는 상품 하나하나가 한류의 한 부분을 차지하고 있다. 즉 한류라는 이름 아래 K-POP 음반과 드라마 CD, 스마트폰, TV 등의 가전제품, 자동차, 의류, 김치와 막걸리 등의 음식까지도 외국으로 수출되고 있다. 관광시장에서도 한류가 커다란 영향력을 발휘하고 있음은 물론이다. K-POP 스타를 보기 위해, 그리고 국내 유명 드라마 촬영지를 돌아보기 위해 한국을 찾는 외국관광객이 늘어나고 있다. 중국, 일본 관광객뿐만 아니라 유럽과 미국인들도 갈수록 증가하고 있다. 의료분야 역시 한류열풍의 한 주역으로 자리잡기 시작했다. TV 화면에 비친 한류스타들의 외모가 한류 팬들의 마음을 사로잡았다. 이들을 닮고 싶은 욕망에 우리 의료진을 찾는 외국인 수가 크게 늘어나고 있다.

한류열풍은 우리나라의 국가브랜드 이미지를 제고하고 외국인들의 한국에 대한 호감도를 높이는 데도 결정적인 역할을 했다. 다시 말해 한국에 대한 인식을 크게 향상시켰다는 것이다. 이 점에서 그 가치가 수십, 수백 명의 외교관 못지않다. 한국 드라마를 보면서 한국에 대해 궁금증을 가지게 되었고, K-POP을 이해하기 위해 한국어를 배우기 시작했다는 사람들이 늘고 있다. 한류의 높은 인기와 함께 그동안 주변부 학문에 머물러 있던 한국학도 중심부 문화로 급성장했다.

한국어가 미국의 국책 외국어로 지정되는가 하면, 저멀리 우리나라와 교류가 많지 않았던 동구의 불가리아에서도 한국영화와 드라마 등이 퍼지면서 '한국문화의 날' 행사가 열리기도 했다.

그동안 우리는 미국, 유럽, 일본 등 선진국가의 문화를 거의 받아들이기만 하는 입장이었으나, 이제는 오히려 그들에게 우리 문화를 수출·보급하고 있다. 물론 이는 우리 젊은이들의 눈물겨운 열정과 노력, 또 자신의 끼와 재능을 유감없이 발휘할 줄 아는 담력이 있었기에 가능했다. 그러나 그 깊은 속에는 최소한 악기 하나는 다룰 줄 알아야 한다며 자녀들에게 어릴 때부터 조기교육을 시켜온 억척스런 우리네 엄마들의 극성이 자리하고 있었다. 또 7080시절 통기타 문화의 청년 문화코드를 만들어냈던 그 감성과 열정이 이제 결실을 맺는 것이라고도 할 수 있다.

우리 대중문화의 해외진출 소식을 접하면서 문득 지난 1960년대 영국의 팝송가수 '클리프 리차드'가 이화여대 강당에서 공연을 하던 중 무대 위로 여자 속옷이 날아들었던 사건의 기억이 떠올랐다. 이제 우리의 한류 가수에게 외국 팬들이 열광하는 모습을 보며 참으로 상전벽해가 아닌가 하는 생각에 감회가 새롭다. 이러한 사실에서도 다시 한번 대한민국과 그 대한민국을 만든 우리 중년들은 자긍심을 갖게 된다.

세계 최강의 인터넷국가,
정보화시대를 열어가다

흔히들 한국을 'IT^Information Technology 강국'이라고들 한다. 그러면 우리는 어떻게 해서 오늘날 이런 IT강국이 될 수 있었을까? 여러 가지 이유가 있겠지만 '빨리빨리'로 통하는 우리의 역동성, 그리고 남에게 뒤지고는 못 사는 우리 한국인의 경쟁심리와 근성에서 비롯된 것이리라. 또한 우리가 비록 '산업화'에는 다른 선진국들에 비해 뒤졌지만, 새로운 21세기의 총아 '정보화'에서만큼은 결코 뒤질 수 없다는 비장함이 그 결실을 보게 된 것이리라.

1980년대, 국내 전자기업인 삼성전자와 금성사(지금의 LG전자)가 국내에서 아웅다웅하면서 삼류 가전제품을 만들고 있을 때, 일본의 소니는 기술력을 앞세워 수많은 제품들을 히트시키며 세계 최고의 기업으로 이름을 날렸다. 그리고 1990년대 중반까지도 여전히 삼성전자는 이류에 불과했다. 반면 소니는 세계 속에서의 입지를 더욱 견고히 해나가고 있었다. 사실 그때까지만 해도 삼성이 소니를 따라잡는다는 것은 다윗과 골리앗의 싸움과 같이 상상조차 하기 힘든 일로 치부되었다.

그러나 21세기로 접어들면서부터 삼성전자의 역공이 시작되었고 드디어 대반전이 일어났다. 삼성전자는 세계사적 흐름을 잘 읽고, 그 흐름을 타기 위해 부단히 연구하고, 방향을 설정하며, 모험을 감행했다. 삼성은 휴대폰 시장에서도 빅히트를 쳤다. 이러한 과정을 거치면서 마침내 삼성은 세계 전자업계의 왕좌에서 소니를 밀어내고 세계 최고의 전자업체로 등극하게 되었다. 이렇게 소니를 누르는 신화를 창조한 이후에도 삼성은 세계 제1의 휴대폰 제조업체였던 노키아의 몰락을 지켜보기도 했다. 이제는 21세기 창의력과 첨단기술의 화신과 같았던 애플마저도 삼성의 위력에 눌려 어려움을 겪는 처지에 놓여 있다.

한편 우리가 IT강국이라는 점에서 누리는 혜택은 어떤 것이 있을까? 먼저, IT는 오늘날 정보화시대에서 가장 첨단의 기술이자 산업이며, 또 가장 중요한 먹을거리를 제공해 주는 분야라는 것이다. IT는 그 자체로도 엄청난 부가가치를 창출해 내고 있다. 이는 삼성전자, LG 등 우리나라를 대표하는 기업들이 바로 IT업계에 종사하는 기업이라는 점에서 잘 알 수 있다. 그러나 이에 못지않게 중요한 점은 IT 기술이 다른 산업과 융합하여 그 산업의 수준을 몇 단계 더 업그레이드시키는 역할과 기능을 수행한다는 것이다. 어쩌면 이 기능이 오히려 훨씬 더 위력적이고 중요하다 할 것이다. 예컨대 지금도 그렇지만 앞으로의 자동차산업 발전은 IT산업의 뒷받침이 없다면 상상하기 어렵다.

IT기술이 발전하면서 우리 사회가 투명해지고 있다는 것도 빼놓을 수 없는 혜택이다. CCTV를 통해 범죄가 연중무휴 감시되고 있어 범죄예방에 크게 기여하고 있고, 어떤 사회적 이슈가 생기면 네티즌들은 서로 정보교환을 하여 이를 무력화시키기도 하고 더욱 확산·조장하기도 한다. 추석명절과 바캉스철에 고속도로가 막히면 조금이라도 덜 막히는 도로를 안내해 주는 친절함이 빛을 발해 고속도로 정체가 줄어들기도 했다. 또한 우리의 젊은이들은 세계 제일의 인터넷 기술을 십분 활용함으로써 삶의 패턴까지도 송두리째 바꾸어놓고 있다. 세상을 더욱 빠르게 그리고 투명하게 만들어가고 있다. 더이상 우리 사회에 어두운 구석의 비리나 비밀들이 발붙이지 못하도록 해놓았다. 기존의 오프라인 세대가 기득권을 가지고 안주하지 못하도록 자극을 주고 있다.

선거혁명을 일으키기도 했다. 선거일에 투표상황을 실시간으로 공지하여 투표참여를 독려하기도 하고, 또 특정후보에 대한 낙선운동

지금의 중년들은 비록 '산업화'에는 뒤졌지만 '정보화'에서
만큼은 결코 뒤질 수 없다는 비장함을 지니고 있었다.
그래서 이를 맹목적으로 지원했다. 디지털 제품이 지닌
다양한 기능을 제대로 사용할 줄도 몰랐지만,
새로운 제품이 출시되면 무조건 이를 구매해 주었다.
그래서 젊은이들은 안심하고 새로운 제품을 만들어낼 수 있었다.

을 펼치기도 한다. 기성 정치인들이 기존의 정치관행을 되돌아보고 반성하는 계기를 만들어놓았다. 돈 안 드는 정치 문화를 조성해 나가는 데도 일조를 하고 있다. 그리고 이들은 국제사회로까지 진출했다. 국제경기에서 우리 선수에게 불리한 판정을 하던 심판이나, 독도가 자기 땅이라고 망언을 하던 일본 정치인이 네티즌들로부터 엄청난 비난세례를 받기도 했다. 이제 우리의 삶에서 한순간도 IT 없는 일상을 상상하기 어려울 정도로 IT는 우리 삶의 중요한 부분이 되었다.

반면, 부작용도 없지 않다. 컴퓨터가 오작동되거나 휴대폰을 분실할 경우 갑자기 초조하고 불안해진다. 사람이 점차 기계와 기술에 예속된 노예가 되어가고 있는 것이다. 또한 해킹기술이 높아져 개인의 정보유출이 심화되고 있다는 사실도 큰 문제이다. CCTV로 인한 지나친 사생활침해 논란도 이어지고 있다. 또 허위정보를 유포하여 개인의 명예를 훼손시키거나 사회를 혼란에 빠뜨리는 경우도 빈번히 일어나고 있다.

우리는 IT강국이라는 데 대해 뿌듯한 자긍심을 가지고 있다. 주요 선진국들이 놀라워하는 정도를 넘어 부러워하고 있으며, 수많은 개도국들은 우리의 IT기술을 배우겠노라고 줄을 서고 있는 상황이다. 이들에게 우리나라는 '세계 최고 수준의 IT강국', '모바일 인터넷이 엄청나게 발달한 나라', '혁신적이고 신기한 인터넷 서비스들이 넘치고 온 국민이 자유롭게 이용하는 나라', '구글 같은 글로벌서비스가

전혀 기를 펴지 못하는 나라'로 각인되고 있는 것이다. 사실이 그러하
다. 우리나라는 전 지역에 광통신이 깔려 있다. 덕분에 우리의 인터넷
처리 속도는 다른 나라들과 비교가 안 될 정도로 빠르다. 다른 나라에
서 글을 전송할 때 한국은 그림을 전송했고, 다른 나라에서 그림을 전
송할 때 한국은 동영상을 전송했다. 그리고 거의 전 국민이 인터넷을
사용한다고 해도 과언이 아닐 정도이다. 속도나 초고속인터넷 보급률
이 세계 최고 수준이다. 한 사람당 한 대꼴로 모바일을 보유하고 있다.
이런 빠른 인터넷 덕분에 인터넷을 이용한 산업도 급속도로 발전할
수 있었다. 이와 함께 막강한 하드웨어와 초대량 IT 생산시설을 갖추
고 있다.

이와 같이 우리는 정보화시대를 선도해 나가고 있다. 물론 우리
가 이와 같이 정보화시대에 앞장설 수 있었던 데는 중년세대에 비해
젊은 세대가 더 커다란 기여를 했다. 사실 중년세대는 아날로그 세대
이다. 그러기에 디지털에 대해서는 어두울 뿐만 아니라 두려워하기까
지 한다. 그러나 그들은 정보화의 중요성에 대해서만큼은 젊은층보다
오히려 더 잘 인식하고 있었다. 그래서 이를 맹목적으로 지원했다. 디
지털 제품이 지닌 다양한 기능을 제대로 사용할 줄도 몰랐지만, 새로
운 제품이 출시되면 무조건 이를 구매해 주었다. 그래서 젊은이들은
안심하고 새로운 제품을 만들어낼 수 있었다. 결국 이것이 우리가 정
보화시대를 선도해 나가는 힘이 되었던 것이다.

앞으로도 우리가 이 분야에서 지속적으로 두각을 나타내기 위해서는 젊은 세대들의 더 많은 열정과 노력이 필요하다. 다시 말해 끈질긴 연구와 개발 노력이 필요하다는 것이다. 이는 조금이라도 방심하면 한순간에 무너질 수 있는 것이 IT분야이기 때문이다. 다행히 오늘도 수많은 우리 젊은이들은 한국의 스티브 잡스Steve Jobs, 1955~2011, 빌 게이츠Bill Gates의 꿈을 안고 소프트웨어 개발과 IT벤처기업 창업에 열정을 쏟아붓고 있다.

체력은 국력,
스포츠강국이 되다

　‘체력은 국력’ 이란 말이 있다. 또 ‘건강한 신체에 깃드는 건전한 정신’ 이라는 말도 있다. 모든 일의 바탕이 되는 것이 바로 체력이며, 기초가 탄탄해야 성공할 수 있다는 뜻이다. 그리고 우리나라가 강대국이 되기 위해서도 그 전제조건으로 우리의 체력이 강건해야 하며, 그래야 이를 제대로 뒷받침할 수 있다는 의미일 것이다. 사실 우리 젊은이들의 체격이 날로 좋아지고 있다. 키와 몸무게 등이 지금 중년세대와 비교할 때 월등히 좋아졌을 뿐만 아니라 서구사회 젊은이들과 비교하더라도 결코 뒤지지 않는다. 평균수명도 늘어나고 있다. 우리나라 남녀 전체의 평균수명이 1960년 52.3세에서 1973년 63.1세, 1993년 72.8세, 2000년 75.9세로 늘었고, 2011년에는 80세를 넘어섰다. 이렇게 건강상태가 좋아지고 수명이 늘어난 것은 경제력과 영양상태가 좋아진 덕분이다.

우리는 과거부터 스포츠강국의 면모를 보여왔다. 국기 스포츠인 태권도는 늘 우리의 자랑이었다. 그 속에는 항상 정정당당하게 게임에 임하고 패배자가 되더라도 승리자를 축하해 주는 모습, 즉 페어플레이 fair play 정신과 스포츠맨십 sportsmanship 이 녹아 있다. 그리고 강인함과 끈기, 투철한 정신력의 중요성을 우리에게 일깨워주었다. 외국인들도 이러한 정신과 기술이 농축되어 있는 태권도에 대한 관심이 컸다. 우리가 미수교국들과 외교관계를 새로 트거나 개도국을 원조할 때에도 태권도가 매개체가 되는 일이 많았고, 해외교포들이 연 태권도 도장이 민간외교의 산실 역할을 하기도 했다.

가난했던 시절, 우리는 프로권투에서 민족의 자긍심을 가질 수 있었다. 김기수, 유제두, 홍수환 선수 등은 세계챔피언 타이틀을 거머쥐어 우리를 환호케 만들었다. 특히 "엄마, 나 챔피언 먹었어!"라고 외치며 4전 5기의 신화를 창조했던 홍수환은 국민적 영웅이었다. 당시 그는 상대선수에게 다운을 네 번이나 당했다. 그러나 그는 다시 일어났다. 그리고 새로운 챔프로 등극했다. 당시 우리 국민 모두는 느꼈다, 패배의 잿더미에서 다시 일어섰을 때의 희열을! 그리고 믿었다, 잠재된 우리의 능력을!

88서울올림픽은 역대 올림픽 사상 최다 선수 참가를 통한 최상

우리나라가 2018년 동계올림픽 유치에 성공함에 따라,
1988년 서울올림픽, 2002년 한일 월드컵, 2011년 대구
세계육상선수권대회까지 '국제스포츠 대회 빅4'를
모두 개최하는 세계 6번째 나라가 되었다.
그 결과 스포츠에서도 새롭게 주목받으며
샛별처럼 떠오르는 나라로 평가받고 있다.

의 화합을 이루어냈다. 우리 고유의 문화와 전통, 그리고 우리의 저력을 유감없이 세계인들에게 과시하는 기회이기도 했다. 국가인지도國家認知度 또한 성공적인 서울올림픽 개최를 통해 크게 향상되었다. 당시만 해도 세계에 비친 우리나라의 모습은 상당히 부정적이었다. 전쟁위험이 도사리고 있는 분단국, 무질서하고 문화의식이 낮으며 경제상황도 좋지 않은 나라로 인식되었다. 그러나 올림픽을 성공적으로 치러내고 또 그 기간 중에 보여준 성숙한 시민의식은 세계인들에게 한국을 새로이 보게 하는 계기가 되기에 충분했다. 이러한 외형상의 성공도 물론 중요하지만 우리 내면의 변화는 참으로 값진 소득이었다. 88서울올림픽을 통해서 "이제 우리도 선진국 대열에 오를 수 있다. 우리는 무엇이든 마음만 먹으면 할 수 있다."는 자신감이 생겨났다.

1998년, IMF 외환위기로 우리 국민들은 어두운 그늘 속에서 하루하루를 보내고 있었다. 그런데 그해 US오픈 세계여자골프대회에서 박세리 선수가 맨발의 투혼을 발휘한 끝에 우승하는 낭보를 접했다. 우승한 사실도 놀라웠지만, 공이 물에 빠져버려 위기에 몰린 상황에서 보여준 박세리 선수의 투혼이 더 감격적이었다. 드라마틱했던 그 경기는 경제위기로 실의와 좌절에 빠져 있던 국민에게 커다란 희망과 용기를 불어넣어 주었다. 이후 우후죽순처럼 탄생한 '박세리 키즈'들은 오늘에 이르기까지 세계 골프계를 휘젓고 있다.

우리나라는 2002년 월드컵까지 개최하는 쾌거를 거두었다. 월드컵은 단일종목이지만 세계인의 관심이라는 측면에서는 올림픽과 EXPO보다 오히려 더 집중력과 파괴력을 가지고 있다. 경기시청률이나 광고수입 등이 이를 입증해 준다. 2002년 월드컵 경기에서의 우리는 모든 면에서 승리자였다. 질서정연하고 화려한 행사진행, 세계 4강이라는 경기성적, 그리고 붉은 악마들의 뜨거운 응원 열기. 거기다가 경기내용에서도 우리는 세계열강에 비해 전혀 뒤지지 않는 실력을 갖추었다는 것을 전세계에 분명히 보여주었다.

한편, 하계스포츠가 대중들의 많은 관심과 사랑을 받아왔지만, 동계스포츠는 솔직히 그러지를 못했다. 다만, 동계올림픽에서 한국이 10위권 안에 들어가자 조금씩 인식이 바뀌기 시작했다. 특히 김연아 선수가 그 중심역할을 하였는데, 그녀는 2009년 세계피겨선수권대회에 이어 2010년 밴쿠버 동계올림픽에서도 불모지와 같았던 피겨스케이팅 종목에서 숙명의 라이벌 일본의 아사다 마오를 꺾고 대망의 우승을 차지했다. 당시 김연아는 완벽한 연기를 보여 심판과 관중들로부터 엄청난 찬사를 받았다. 2014년 소치올림픽에서는 아쉽게도 준우승에 그쳤으나, 김연아는 끝까지 대한민국의 자존심을 지키고 세워주었다.

우리나라가 2018년 동계올림픽 유치에 성공함에 따라, 1988년 서울올림픽, 2002년 한일 월드컵, 2011년 대구 세계육상선수권대회까지 '국제스포츠 대회 빅4'를 모두 개최하는 세계 6번째 나라가 되었다. 이로써 대한민국은 4대 스포츠 대제전을 모두 개최하는, 이른바 스포츠계의 그랜드슬램을 달성하는 국제스포츠 강국이 된 것이다. 국제스포츠대회 개최는 국가인지도를 높이는 것은 물론, 경제적인 측면에서도 엄청난 효과를 얻는 만큼 전세계의 강대국들이 앞다투어 경쟁을 벌이고 있다. 지금까지 독일, 프랑스, 일본, 이탈리아, 러시아 5개국만 이 빅4 대회를 모두 유치한 바 있다. 아시아에서는 일본에 이어 두 번째다. 스포츠강국인 미국조차 아직 세계육상선수권대회는 유치하지 못했다.

우리 중년세대들은 한강의 기적을 일구어낸 '우리는 할 수 있다' 라는 억척스러움과 강인한 정신력을 스포츠 분야에서도 유감없이 발휘했다. 우선 각종 국제스포츠대회에 참가해 좋은 성적을 거둠으로써 우리나라를 세계적인 스포츠강국으로 만들어놓았다. 그뿐만 아니라 세계 최대의 스포츠제전들도 잇따라 유치함으로써 국력을 업그레이드시켰다. 그 결과 우리나라는 스포츠에서도 지구촌에서 새롭게 주목받으며 샛별처럼 떠오르는 나라로 평가받고 있다.

글로벌 코리아,
세계무대 주인공으로 부상하다

우리는 국제화시대에 살고 있다. 국경의 개념이 퇴색하고 국내 문제와 국제 문제의 구분이 모호해지는 등 국가 간에 상호의존성이 심화되고 있다. 세계는 이제 지구촌이라 할 정도로 가까운 친구가 되었다. 무관심한 것 같지만 세심하게 각국의 문제에 깊은 관심을 갖고 있으며, 또 상호 긴밀하게 연계되어 있는 것이 국제사회의 현실이다. 각국은 자국의 실리적인 문제에 예민하며 냉정한 입장을 갖고 있다. 그리고 세계 각국은 지금 이 순간에도 전쟁을 방불케 하는 세력 키우기 경쟁을 벌이고 있다. 만약 이러한 국제사회의 변화에 제대로 적응하지 못하고 흐름에 뒤처진다면 결코 우리나라가 선진 경제사회로 업그레이드될 수 없으며, 또 우리는 세계시민이 될 자격이 없다. 따라서 우리는 국내 문제뿐만 아니라 세계 변화에도 능동적으로 대처할 수 있는 안목을 갖추어야 한다.

우리는 1960년 개발연대 초기부터 국제화 전략을 구사해 왔다. 국제사회에서의 영향력을 확대하기 위해 다각적인 노력을 추진했고 또 추진 중에 있으며, 여러 경로를 통해 적극적으로 국제사회에 기여해 나가고 있다. 이는 자원이 부족하고 내수시장이 좁은 우리나라의 특성과도 깊이 관련되어 있으며, 이 전략은 주효했다. 대성공이었다. 그 결과 국제사회에서 우리나라의 지위가 한층 높아지고, 제도와 의식의 선진화와 국제화가 빠른 속도로 진전되었다.

먼저, 국제통상을 확대하고 있다. 2012년부터 우리의 무역 규모는 연간 1조 달러를 넘어서 당당히 세계 제8대 무역대국이 되었다. 수출 실적만 보면 연 5,500억 달러에 달해 세계 7대 수출국이다. 돌이켜 보면 경제개발이 처음 시작될 무렵인 1964년의 수출 규모는 1억 달러, 수입을 포함한 전체 무역 규모는 5억 달러에 불과했다. 반세기 만에 약 수천 배 이상 외형이 커졌다. 만성적인 무역수지 적자국에서 흑자국으로, 그리고 외채망국론의 공포에서 벗어나 순채권국으로 돌아섰다. 이를 배경으로 외국에 원조를 공여하는 국가가 되었다. 외환자유화와 자본자유화를 세계 규범에 맞게 확대·시행함으로써 1996년에는 선진국 클럽이라고 불리는 OECD에도 가입했다.

이와 함께 FTA Free Trade Agreement, 자유 무역 협정를 확대함으로써 경제영토를 넓히고 있다. 우리나라는 세계 49개 국가들과 FTA를 체결하고 있다. 우리의 지리적인 영토는 세계의 0.07%가 채 되지 않지만, 경제 영토는 세계 전체 GDP의 60%를 넘어섰다. 따라서 국토면적은 세계 109위이지만 경제영토는 칠레와 멕시코에 이어 세계 3위가 되었다.

또한 각종 국제행사와 이벤트를 유치하여 성공적으로 개최함으로써 우리의 존재감을 드러내고 있다. 우리나라는 2008년 글로벌 금융위기 이후 전세계에서 영향력 있는 20개 나라들의 정상들이 세계경제의 발전과 국제금융시스템 개선 논의를 위해 창설된 'G-20 정상회의' 회원국이다. 뿐만 아니라 2010년에는 의장국으로서 이 정상회의를 주관하기도 했다. 당시 서울에서 회의가 열리는 기간 동안 수많은 자원봉사자들이 회의진행을 도왔다. 또 시민들은 차량 2부제 운행 등의 불편함을 감수했고, 회의기간 내내 외국의 정상들에게 높은 질서의식을 보여주었다.

얼마 전 여의도에는 초고층 마천루 서울국제금융센터 IFC, International Finance Centre Seoul 빌딩이 마침내 그 위용을 드러냈다. 우리나라가 세계금융의 중심지로 발돋움하기 위한 대야망의 첫 발자국이라 하겠다. 2012년에는 환경 분야의 세계은행 World Bank 이라고 할 수 있는 '녹색기후기금 GCF, Green Climate Fund' 도 인천 송도에 유치했다. GCF는 개도국의 온실가스 감축과 기후변화 적응을 지원하는 기후변화 관련 국제금융기구로, 앞으로 기후변화 분야에서 개도국을 지원하는 중추적 역할을 담당할 예정이다.

　　각종 국제스포츠 행사도 유치해서 성공적으로 개최해 나가고 있다. 우리는 이미 1988년 서울하계올림픽과 2002년 월드컵 축구대회를 개최했고, 2018년 평창 동계올림픽도 개최할 예정이다. 올림픽과 월드컵을 치르면서 우리는 전세계가 참여하는 지구촌 행사를 치를 능력을 충분히 가지고 있음을 만천하에 과시했다. 이외에도 각 지방자치단체에서는 각종 국제행사를 활발히 유치해 개최하고 있다. 특히 부산국제영화제, 통영국제음악제는 매년 연례적으로 개최되는 국제예술제전으로, 세계적으로 큰 관심과 호응을 받고 있다.

　　이와 함께 날이 갈수록 우리 한국인들이 자랑스러운 국제인으로 진출하는 경우가 늘어나고 있다. 우선 반기문 유엔[UN] 사무총장이 있다. 임기 5년의 유엔사무총장은 흔히 '최고위 외교관', '세계의 CEO'로 불린다. 국제사회를 대표하는 유엔의 실질적 수장으로, 192개국이 참여하고 있는 세계 최대의 국제기구인 유엔을 관리하면서 국제분쟁 예방을 위한 조정과 중재 역할을 맡고 있다. 국제통화기금[IMF]과 함께 세계경제 운영에 가장 큰 영향력을 행사하는 국제금융기구인 세계은행[WB]의 수장에도 한국계 인사인 김용 전 다티머스대학 총장이 선출되어 재직 중이다. 세계은행 출범 이후 줄곧 백인 출신 미국인이 선임되던 그동안의 관행을 깨고 파격적인 인사가 이루어진 것이다. 인선 배경에는 그가 한국인 출신이라는 점도 감안되었을 것이다.

세계무대에서의 대한민국 위상은
이미 달라졌다. 우리는 더이상 변방이 아니다.
이제 우리 대한민국은 세계가 주시하는
세계사의 중심에 서 있고,
또 그 주역으로서의 역할을 수행해 나가고 있다!
그 대한민국을 만드는데 지금의 중년들은
중추적 역할을 다해왔다.

즉 한국의 눈부신 개발경험과 국제사회에서의 위상 등이 한국계인 그가 세계은행을 이끌어나가는 데 많은 도움이 되리라는 점도 한몫 했을 것이다. 그 외에도 수많은 사람들이 국제기구에서 유능한 직원으로 일하면서, 우리나라의 국익을 지키거나 대변하고 있다. 이들 국제인의 수는 우리나라의 위상이 커지면서 더 늘어나고 있다.

　문화예술계에서도 세계적인 명성을 얻은 이들이 늘어나고 있다. 세계적인 지휘자 정명훈, 피아니스트 백건우와 서혜경, 천상의 목소리로 불리는 소프라노 조수미, 바이올리니스트 사라 장(장영주), 첼리스트 장한나, 비디오아트 창시자 고故 백남준 등등. 그리고 매년 혹은 2~3년마다 열리는 세계 주요 국제 클래식 경연대회(콩쿠르)에서도 한국인이 휩쓸고 있다. 지난 1990년대 중반 이후 지금까지 세계 주요 콩쿠르에서 결선 진출은 물론이고 일등을 차지한 한국인들의 수는 다른 나라를 압도하고 있다.

　한편 우리가 밖으로 나가는 세계화도 중요하지만, 외국인이 우리 속으로 들어오는 세계화도 중요하다. 2010년을 기준으로 대한민국에 거주하는 외국인 이주민 수가 100만 명을 넘었다고 한다. 특히 최근 10년 동안 그 수가 급증했는데, 이 또한 우리의 국제화가 빠른 속도로 진전되고 있음을 보여주는 현상이다. 우리는 다문화가정과 이민자, 귀화인들을 포용하고 나누며 함께 살아갈 수 있어야 한다. 그들이 '코리언드림'을 실현할 수 있도록 적극적으로 도와주어야 한다. 다행히 최근 들어 이들에 대한 우리 국민들의 이해와 관심이 커져가고 있음을 확연히 느낄 수 있다. 이와 함께 '다문화가족 지원 센터' 운영, '다문화 가정 평생교육지원 프로그램' 운영, 그리고 '다문화가정 모국 방문지원 사업' 등을 통해 이들을 도우려는 움직임도 활발하다.

우리가 진정 세계시민이자 선진국의 일원이 되고자 한다면, 가난을 벗기 위해 기회와 가능성을 찾아 우리나라에 온 사람들에게 그 꿈을 이룰 수 있도록 도와주어야 한다. 그리고 편협한 국수주의와 애국주의가 아닌, 최대한 열린 가슴으로 우리와는 다른 문화와 역사를 가진 사람들을 포용할 수 있어야 할 것이다.

세계무대에서의 대한민국 위상은 이미 달라졌다. 우리는 더이상 변방이 아니다. 이제 우리 대한민국은 세계가 주시하는 세계사의 중심에 서 있고, 또 그 주역으로서의 역할을 수행해 나가고 있다! 아~ 대한민국! 아~ 우리 조국! 오늘의 이 대한민국을 만드는 데 지금의 중년들은 그 중추적 역할을 다해왔다.

4장

미완의 과제,
후세대에게 숙제로 남기다

심화되는 양극화

　　1962년부터 시작된 개발연대의 시절, 부존자원이 빈약하고 자본이 부족했던 우리나라는 경제개발의 효율을 극대화한다는 차원에서 불균형 성장전략을 구사했다. 즉 정부는 상대적으로 많은 자본과 기술력을 소유하고 있거나 또는 해외 판로망을 가지고 있는 대기업과 수출기업에 많은 특혜를 주었다. 이들에게 저금리의 금융자금을 지원했고 조세를 대폭 감면해 주었으며, 토지도 헐값으로 불하해 주었다. 그 결과 대기업은 빠른 속도로 발전해 나갔다.

　　반면 중소기업과 서비스업을 중심으로 한 내수산업의 발전은 더뎠다. 또한 기업주들과 근로자간의 소득격차가 크게 벌어졌다. 이 문제는 노사분규의 불씨가 되기도 했다. 이러한 소득분배와 경제력격차는 날이 갈수록 심해져 심각한 사회문제로 떠오르게 되었다. 이와 같이 우리가 반세기 만에 이룩한 고도성장의 이면에는 여러 가지 부작용도 잉태되었다. 외형 키우기에 급급한 나머지 내실을 다지는 데는 소홀했다. 1997년 말에는 그동안 쌓아올린 공든 탑을 일순간에 무너뜨릴 뻔한 경제위기를 맞기도 했다. 지금도 산업간, 기업간, 소득계층간의 부문별 발전격차가 심화되어 사회갈등이 확산되고 있다. 양극화 현상이 심화되고 있는 것이다. 여기에 망국병인 부동산투기도 여전히 잠재우지 못하고 있다.

그러면 우리나라의 소득불평등과 경제력집중 현상은 어느 정도일까? 조세재정연구원에 따르면(2012년 4월), 우리나라 소득 상위 1%가 버는 소득이 전체의 16.6%를 차지했다. 이는 OECD 주요 19개국 평균인 9.7%를 크게 상회하고 있으며, 우리보다 부의 쏠림이 심한 나라는 미국(17.7%)뿐이었다. 소득 상위 20%(5분위)와 하위 20%(1분위)간의 소득격차를 보여주는 5분위배율도 2012년 5.54에 달하고 있다. 이는 소득이 많은 사람이 적은 사람에 비해 최소한 5배 이상 많은 소득을 벌어들이고 있다는 것을 뜻한다. 더욱이 소득에 축적되어 있는 자산까지 더할 경우 그 불평등 정도는 더 크다. 그리고 지금 벌어지고 있는 심각한 전세난과 가계부채 규모의 지속적인 증가 등을 감안할 때, 이러한 소득불평등 추세는 앞으로도 지속될 것으로 보인다.

재벌에 의한 경제력집중 현상도 갈수록 심화되고 있는 추세이

앞으로 우리가 선진경제 사회로 비상하기 위해서는
반드시 이 양극화 현상을 시정하고 해결해 나가야만 한다.
물론 이것이 생각만큼 쉽지는 않을 것이다.
그나마 다행인 것은 이 양극화 현상이 태동하고
심화된 원인만큼은 뚜렷이 밝혀져 있다.
따라서 그 처방책 또한 분명할 것이다.

다. 지난 10년간 10대 재벌이 우리나라 전체 경제 규모^{GDP}에서 차지하는 비중을 보면, 자산은 48%에서 84%로, 매출액은 51%에서 84%로 증가했다. 계열기업의 수도 지속적으로 늘어나 2013년 62개 재벌(상호출자제한 대상 기업집단)의 총 계열회사 수는 1,768개에 달했다. 이는 재벌 하나당 평균 28.5개의 계열회사를 거느리고 있는 셈이다. 재벌 중에서도 특히 상위 4대 재벌의 경제력이 갈수록 커지고 있다. 2013년 기준 30대 재벌 중에서 4대 재벌이 차지하는 비중은 자산이 55%였고, 순이익은 무려 80%를 차지하고 있다.

한편, 이러한 소득불평등과 경제력집중 현상이 어떻게 발생·심화되어 왔는지에 대한 원인을 좀더 구체적으로 알아보자. 첫째, 공정하고 균등한 기회 제공이 제대로 되지 못했다. 이미 지적한 대로 개발연대의 불균형 성장전략은 기업간, 산업간 격차를 심화시켰다. 또 부동산정책의 실패는 자산격차를 심화시키고 중산층 붕괴를 가속화하는 큰 요인으로 작용했다.

둘째, 시장경제의 함정과 후유증에 기인한다. 자본주의의 기본 원리인 자유와 경쟁은 승자독식의 문화를 심화시켜 승자와 패자간 삶의 격차가 확대되었다. 대기업들은 자본력을 바탕으로 계열기업 확장뿐 아니라, 중소기업에 대한 우월적 지위를 남용하는 거래관행을 행사해 왔다. 여기에 두 차례의 금융위기는 중산층에 결정적인 타격을 입히고 양극화현상을 한층 더 심화시켰다.

셋째, 성장과 분배의 선순환구조가 확립되지 못했으며, 복지정책도 양극화를 시정하는 데 큰 도움이 되지 못했다. 그동안 총체적인 경제는 발전해 왔지만, 이를 분배하는 메커니즘은 신통치 않았다. 이에 따라 자본주와 근로자간은 물론이고, 근로자 상호간에도 정규직-비정규직, 모기업-하청기업들의 분배격차가 심화되었다. 넷째, 우리 사회 지도층의 '노블리스 오블리제 noblesse oblige' 결여에도 기인한다. 다수의 가진 사람들이 정당하지 못하게 재산을 형성한 과정과 과시적인 소비지출 활동이 서민들에게 위화감을 주고 상대적 박탈감과 좌절감을 갖게 했다. 여기에 사회지도층과 부유층들은 나눔과 배려의 정신이 부족해 사회공헌 활동에도 인색한 편이었다.

그렇다면 이러한 양극화 현상이 야기하는 문제점은 무엇일까? 첫째, 경쟁의 격화를 일으켜 시민의식을 황폐화하고, 나눔과 배려에 대한 사회적 분위기 조성을 어렵게 한다. 우리 사회에 지나친 경쟁의식이 조장되면서 돈이면 모든 것이 가능하다는 물질만능 풍조를 확산시켰다. 이러한 극심한 경쟁 스트레스를 극복하지 못해 세계 최고의 자살률이라는 참혹한 문제를 야기했다. 인구 10만 명당 자살사망자(2012년)는 28.1명으로 OECD 평균치 12.5명의 2배가 넘는다. 둘째, 사회의 불안정을 초래해 국민통합을 이루기 어렵게 한다. 가진 자와 못가진 자 간의 위화감과 갈등은 사회불안을 증폭시킨다. 중산층이 두터워야 사회안정을 기할 수 있으나, 현실은 그러지 못해 사회불안과 균열감이 확산되는 추세다. 삶의 수준이 불평등할수록 사람들은 서로를 신뢰하지 않고, 상호간의 갈등을 부추겨 국민통합과 일체감 조성을 방해한다. 셋째, 지속가능한 경제사회의 발전을 불가능하게 한다. 중소기업과 대기업간의 발전격차 심화, 즉 경제의 이중구조는 중소기업의 하청구조 고착화를 통해 산업 전반의 경쟁력 약화를 불러일으킨다. 기업주와 근로자간, 그리고 근로자 상호간의 갈등은 생산성 약화를 초래한다. 또한 내수산업이 제대로 발전하지 못할 경우, 우리 경제구조는 지나치게 해외경기에 의존적으로 될 뿐만 아니라 수출산업도 결국 경쟁력이 약화된다.

앞으로 우리가 선진경제 사회로 비상하기 위해서는 반드시 이 양극화 현상을 시정하고 해결해 나가야만 한다. 물론 이것이 생각만큼 쉽지는 않을 것이다. 이는 양극화가 어제오늘의 일이 아니라 오랜 기간 누적된 제도와 관행들이 복합적으로 만들어낸 유산이기 때문이다. 더구나 이 잘못된 유산이 시정되기는커녕 오히려 날로 더 악화되고 있기에 더욱 어려운 과제인 것이다. 그러나 어쨌든 이 문제는 반드시 시정해 나가야 한다. 그래야만 우리의 미래가 있다. 그나마 다행인 것은 이 양극화 현상이 태동하고 심화된 원인만큼은 뚜렷이 밝혀져 있다. 따라서 그 처방책 또한 분명할 것이다. 우리는 이제부터라도 용기와 의지를 가지고 이 문제를 적극 시정하고 해결해 나가는 데 힘을 모아야 할 것이다.

적당주의와 검은 뒷거래의 관행, 사고공화국의 오명

　　2014년 2월 17일 밤 9시 15분쯤, 경주 마우나오션 리조트 내 체육관 천장이 붕괴되었다. 이로 인해 신입생 오리엔테이션을 하던 부산외대 학생 등 10명이 숨지고 100여 명이 다치는 참사가 발생했다. 꽃 같은 청춘들이 제대로 한번 피어보지도 못한 채 유명을 달리하고 말았다. 기성세대의 그릇된 욕심 때문에 이들 젊은이들은 허망한 피해자요 희생양이 되어버린 것이다. 대형 인명피해를 낸 체육관은 설계, 시공, 감리에 많은 문제점이 있는 부실공사였을 뿐만 아니라, 건축물의 관리 허술까지 가세된 안전실종과 총체적 부실이었으며 전형적인 후진국형 사고로 드러났다.

　　대한민국의 2014년은 너무나 잔인했다. 또다시 대형참사가 터졌다. 2014년 4월 16일 오전 8시 48분경, 전라남도 진도군 조도면 부근에서 여객선이 침몰했다. 침몰한 여객선 세월호에는 제주도로 수학여행 길에 올랐던 경기도 안산시 단원고등학교 2학년 학생 325명과 선원 30명 그리고 일반인 승객 등 총 476명이 탑승한 것으로 알려졌다. 그런데 이 사고로 인해 목숨을 잃거나 실종된 인원이 300명이 넘는다. 그것도 꽃다운 학생들이 대부분이다. 수많은 아름다운 꽃들이 제대로 피어보지도 못한 채 유명을 달리했다.

어느 사고가 가슴 아프지 않았을까만 이번은 참혹함과 비통함의 정도가 그 어느 때보다 컸다. 세월호 참사는 대한민국을 온통 슬픔으로 몰아넣었다. 사랑스러운 어린 자녀들을 자신보다 먼저 떠나보낸 부모들의 피눈물 나는 심정을 그 누가 어떻게 달래줄 수가 있겠는가? 또한 요행히 목숨을 건졌다곤 하더라도 평생 고통을 안고 살아가야 할 학생들의 상처는 누가 어떻게 치유해 줄 것인가? 국민 모두는 형언할 수 없는 비통함에 젖어 망연자실 할 말을 잊었다.

왜 우리에게 이런 어처구니없는 일이 일어났을까? 우리가 무엇을 잘못했기에 이토록 참혹한 일이 벌어졌을까? 조사결과 이번 사태가 선박회사와 그 관련자들의 탐욕과 비리, 승무원들의 도덕적 해이와 무책임, 정부의 감독 부실과 재난 대처능력 부족 등에 기인하는 것으로 나타났다. 그러나 보다 근원적인 이유로는 결국 다른 대형 참사들과 마찬가지로 우리 사회 전반에 똬리를 틀고 있는 도덕불감증과 적당주의, 부정과 비리 그리고 부실증후군이 복합적으로 작용했다는 진단이 내려졌다. 또다시 우리 중장년층 기성세대들의 잘못된 유산이 피어나려는 꽃망울들을 주검으로 몰아넣었다는 회한이 가슴을 찢어질 듯 아프게 만들었다.

우리는 결단코 앞으로 두 번 다시는 이런 참사가 일어나지 않도록 해야 한다. 대한민국을 새로이 개조해 나가야만 한다. 그리하여 우리의 자녀들이 안전하고 행복하게 살아갈 수 있도록 해야 한다. 그것만이 고귀한 생명을 잃은 사람들에게 조금이나마 속죄하는 길일 것이다. 사랑하는 우리의 아들딸들아! 너희들을 지켜주지 못해서 정말 미안해! 속죄하는 마음으로 너희들을 가슴속에 묻은 채 영원히 잊지 않을게, 사랑해!

우리는 개발연대 시절 세계가 놀랄 정도의 빠른 속도로 경제발전을 이룩했다. 그러나 그 과정에서 여러 가지 부작용도 잉태되고 있었다. 부실과 부조리가 사회 곳곳에 번져나가고, 일을 철저히 처리하기보다는 빨리빨리 해야만 인정받는 사회분위기가 조성되고 있었다. 특히 남의 눈을 피해 뒤에서 하는 정당하지 않은 거래, 즉 검은 뒷거래 관행은 아직도 우리 사회 곳곳에서 광범위하게 이루어지고 있다. 이 뒷거래는 촌지, 리베이트, 비자금, 이면계약, 급행료 등 여러 가지 다양한 형태로 일어나고 있다. 이는 우리 사회가 여전히 비리와 부패에서 자유롭지 못하다는 것을 의미한다.

왜 우리에게 세월호 참사 같은 어처구니없는 일이 일어났을까?
우리 중장년층 기성세대들의 잘못된 유산이
피어나려는 꽃망울들을 주검으로 몰아넣었다는 회한이
가슴을 찢어질 듯 아프게 만들었다.
사랑하는 우리의 아들딸들아!
너희들을 지켜주지 못해서 정말 미안해!

여기에 우리 사회의 고질적 병폐인 '설마주의'와 '적당주의'가 안전불감증을 키웠다. 설마 무슨 일이 일어나겠나 하고 방심하거나 기본원칙을 외면하고 대충 적당히 처리하려다 어이없는 사고를 자초했다. 더욱이 이러한 불법적이며 몰인간적인 행위들이 사회생활을 해나가는 데 오히려 더 유리하다는 생각이 알게 모르게 우리의 의식구조를 지배하는 것 같다. 결국 이러한 다양한 요인들이 복합적으로 작용하면서 우리 사회 곳곳에서 여러 가지 문제들이 나타나게 되었던 것이다.

1970년대 와우아파트 붕괴, 대연각호텔 화재, 1980년대 KAL기 격추사건, 1990년대 성수대교와 삼풍백화점 붕괴, 아시아나 여객기 추락사고, 1999년 경기 화성 씨랜드 청소년 수련원 화재, 2003년 대구지하철 참사, 2011년 우면산 산사태, 2013년 해병캠프 익사사고 등 일일이 꼽을 수 없을 정도다. 이를 두고 혹자는 한국을 '사고공화국'이라고 비아냥댔다. 대부분의 사고는 부실시공과 감독상의 무책임, 관리소홀과 안전불감증 등 복합적 요인에서 비롯되었다. 이들 사고현장은 끔찍하다 못해 생지옥이었다. 많은 인명들이 시멘트와 콘크리트 더미에 깔려 서서히 죽어갔다. 더러는 상반신이 아예 없어지거나 부패해 형체조차 알 수 없는 주검도 있었다. 물에 빠져 죽기도 하고 불에 타 죽기도 했다. 이 억울하게 죽은 수많은 주검 앞에 우리는 과연 무슨 말을 할 수 있을까? 그들의 영전에 어떻게 속죄할 수 있을 것인가?

요행히 살아남은 사람일지라도 한평생 마음의 상처가 남는다. 바로 곁에서 죽어가던 사람들의 모습이 한평생 눈에 생생하고, 마음속에 트라우마로 남을 것이다. 특히 죽어가던 이가 다름 아닌 친구나 가족일 경우 그 정도는 더욱 심각할 것이다. 그리고 또 다른 사고가 터질 때마다 그들에게는 당시의 악몽이 떠오르고 가시처럼 파고들어 가슴에 꽂힐 것이다. 세상은 망각을 통해 아픔을 흘려보낸다. 그러나 가족을 가슴에 묻은 유족들의 상처는 시간이 흘러도 아물지 않는다.

무엇보다 사랑하는 자녀를 먼저 떠나보낸 부모의 고통을 그 누가 감히 헤아릴 수 있겠는가? 이들 대부분은 세상이 싫고 원망스러워 우울증에 시달리게 되었다. 또 어떤 이들은 스스로를 탓하고 배우자를 책망하다 결국 이혼 또는 별거를 하기도 했다. 심지어 개중에는 스스로 목숨을 끊은 이도 없지 않았다. 이들에게는 내 나라가 내 나라 같지 않았을 것이다. 아니 오히려 조국이 원망스러웠을 것이다. 그래서 조국을 뒤로 한 채 새로운 곳에서 새로운 삶을 살기 위해 이 나라를 떠나간 이들도 있다. 더러는 조국이 싫어서, 더러는 아픈 상처를 조금이라도 잊고 싶어서 말이다.

그동안 우리 사회에는 엄청난 대형 참사가 끊이지 않고 일어났다. 그때마다 앞으로 이런 일이 다시는 생기지 않을 것처럼 분위기를 잡았다. 그러나 시간이 흘러가면 다 잊어버리고 또다시 적당주의가 판쳐 새로운 사고가 터지는 악순환이 이어져왔다. 솔직히 우리는 알게 모르게 빨리빨리와 적당주의 문화에 젖어 있었던 것이다. 또 '누이 좋고 매부 좋다'는 식으로 웬만한 비리에는 적당히 눈을 감아주고 살아가려는 검은 뒷거래 관행에도 익숙해져 있다. 그러나 이로 인해 기본을 소홀히 하고 절차를 무시하면 큰 화를 부를 수 있다. 좀더 긴 안목에서 가정과 기업, 그리고 국가를 잘 운영해 나가지를 못한다. 그저 당장 눈앞에 보이는 이득을 챙기는 데 급급할 따름이다.

특히 검은 뒷거래는 우리 경제사회의 총체적 부실을 초래하고 경쟁력을 훼손시킬 뿐만 아니라, 인간의 양심과 존엄성마저 갉아먹는 무서운 바이러스인 것이다. 이를 퇴치하지 못할 경우 언젠가 부메랑이 되어 돌아온다. 따라서 우리는 한시바삐 적당주의와 검은 뒷거래를 불식시킬 수 있도록 빠진 너트들을 찾아 다시 조이는 사회시스템 정비작업을 추진해 나가야 한다. 적당주의와 빨리빨리 문화에 '철저하고 빈틈없는 부지런함', '섬세함과 침착함을 지닌 여유로움'을 더해 나가야만 한다. 그리고 무엇보다도 기본과 원칙에 충실하고, 부정부패 없는 맑고 투명한 사회분위기를 조성·정착시키는 데 힘을 모아야 한다. 이것이 전제되지 않으면 우리가 지향하는 선진경제 사회는 영원한 구두선口頭禪에 불과할 것이다.

어두운 비 내려오면
처마 밑에 한 아이 울고 서 있네
그 맑은 두 눈에 빗물 고이면
아름다운 그이는 사람이어라

세찬 바람 불어오면
들판에 한 아이 달려오네
그 더운 가슴에 바람 안으면
아름다운 그이는 사람이어라

새하얀 눈 내려오면
산 위에 한 아이 우뚝 서 있네
그 고운 마음에 노래 울리면
아름다운 그이는 사람이어라
그이는 아름다운 사람이어라

– 김민기, 〈아름다운 사람〉

투기심리의 확산,
한탕주의 유산을 남기다

　　우리나라 사람들은 투기성향이 강한 편인 것 같다. 가랑비에 옷 젖는 줄 모르고 매주 금요일 저녁 퇴근길이면 로또 몇 장씩을 구입하는 사람들이 있다. 그리고 언론보도를 통해 도박 때문에 패가망신했다는 기사를 종종 접한다. 전문도박단은 물론 직장인과 주부도박단이 경찰에 검거되고, 연예계와 스포츠계의 알 만한 인사들이 도박에 빠져 사회문제가 되기도 했다. 그리고 도박 판돈을 조달하기 위해 은행빚과 카드빚은 물론이고 사채까지 얻어 쓴다. 도박을 위해 절도행위까지 저지른 경우도 있었다. 도박중독의 폐해는 이것뿐이 아니다. 스스로 목숨을 끊는 경우는 물론 40대 가장이 도박 빚 때문에 자살을 결심한 뒤 부인과 자식을 살해하는 사건도 벌어졌다.

그런데 이러한 여러 가지 사행행위 중에서도 우리 경제사회에 가장 심각한 문제를 야기한 것은 부동산 투기라 할 것이다. 복부인은 대한민국 부동산 투기꾼의 대명사이다. 우리나라 부동산 투기의 역사는 1963년 강남지역 개발에서 시작되었다. 당시 이재理財에 밝은 소위 강남 복부인들이 전국을 누비면서 부동산 가격을 천정부지로 뛰게 만들고, 그 와중에 자신들은 엄청난 불로소득을 챙겼다. 옆에서 이를 보고 부럽기도 하고 또 한편으로는 배 아프기도 한 이웃동네 아줌마들까지 부동산 투기에 동참했다. 그 사이에 대한민국 사람들은 아줌마뿐만 아니라 너나 할 것 없이 모두 투기꾼이 되어가고 있었다. 또한 전 국토는 투기장이 되어버리고 말았다. 그리고 땅 투기에서 시작된 부동산 투기는 점차 아파트 등 건물 투기로 확산되었다.

지금도 이 부동산 투기 광풍 현상은 가라앉지 않은 채 여전하다. 정부 통계에 따르면 우리나라에서 집을 많이 보유한 사람들 중에는 수백 채를 가진 사람들이 다수에 이르고, 1,000채 이상을 보유한 사람도 있는 것으로 나타났다. 도대체 이들은 어디서 이런 많은 자금을 조달했으며, 또 이 수많은 집들을 어떻게 활용하는지 도무지 상상이 가지 않는다. 게다가 투기꾼들은 염치도 없다. 법망을 피하기 위해 위장 전입을 밥 먹듯이 한다. 또 보통사람으로서는 생각하지 못할 교묘한 방식을 동원해서 탈세를 하고 있다. 우리나라 기업들 중에는 겉으로는 제조업을 한다고 신고해 놓았지만, 실제로는 땅 투기에 골몰하는 회사도 꽤 많은 것으로 알려졌다. 그 이유가 바로 다름 아닌 세금 회피를 위해서이다. 또 양도소득세를 덜 내려고 실거래 가격을 속이고 훨씬 낮은 가격으로 거래한 것처럼 위장하는 소위 '다운계약서' 작성 행태도 그중의 하나이다.

　　이렇게 부동산으로 재벌이 된 이들이 떵떵거리고 살아가는 데 비해 다른 한편에서는 전세와 사글세를 전전하거나 쪽방촌에서 연명하는 사람들이 적지 않다. 한 평도 안 되는 쪽방촌의 비좁은 공간은 겨우 몸을 누일 정도다. 화장실은 공동화장실을 사용하고, 방안은 빛이 잘 들지 않아 대낮에도 불을 켜야 할 정도이다. 이들의 여름나기는 더욱 힘들다. 집에 들어서면 역하고 쾌쾌한 냄새가 진동한다. 며칠 전 내렸던 장맛비로 인해 바닥에는 물이 고였다 마른 자국이 남아 있고, 천장은 검은 곰팡이들로 뒤덮여 있다.

　　물론 기성세대들이 부동산 투기를 잡기 위해 노력하지 않은 것은 아니다. 사실 그동안 정부 차원에서 수많은 투기억제 시책이 마련·추진되어 왔다. 그 주요한 예를 들면 우선 1990년 토지공개념의 도입이다. 이는 토지의 개인적 소유권은 인정하되, 그 이용을 공공복리에 적합하게 규제하자는 것이다. 당시 도입된 주요 제도는 한 가구에 200평 이상 택지소유를 금지하는 택지소유상한제, 지가상승분을 세금으로 거두어들이는 토지초과이득세, 개발차익에 과세하는 개발이익환수제 등이었다. 이 가운데 택지소유상한제와 토지초과이득세는 사유재산권 침해 등 부작용이 거론되면서 헌법재판소에서 위헌판

결을 받아 1998년 폐지됐다.

다음으로는 종합부동산세의 도입이다. 이는 2005년을 전후해 부동산 가격이 천정부지로 치솟자 투기적 가수요를 억제하고 아울러 불로소득을 환수하기 위해 도입되었다. 종합부동산세는 일정수준 이상의 고액부동산을 소유한 사람들에게 부과하는 과세로 강력한 투기억제장치로서의 역할을 해왔다. 그러나 다른 한편으로는 위헌 논란에 휩싸이는 등 끊임없는 조세저항에 부딪치고 있기도 하다. 그런데 이런 강력한 투기억제 장치들도 투기꾼들한테는 약발이 먹히지 않았다. 그들은 또다시 교묘한 투기수법을 등장시켜 기존의 투기억제장치를 무력화해 버리기 때문이다.

그러면 이 부동산 투기 광풍이 남긴 좋지 않은 유산의 실상을 좀 더 구체적으로 알아보자. 첫째, 경제를 위축시키고 물가불안 요인이 되었다. 생산적인 부문에 투자되어야 할 돈이 땅에 묶여버리면 기업 생산 활동에 필요한 돈은 그만큼 줄어들고 생산활동이 위축된다. 더욱이 자금이 부족한 중소기업들은 생산활동에 필요한 돈을 못 구해서 도산할 수밖에 없다. 그리고 기업들은 투기로 인해 비싸진 땅값을 지불하고 공장부지를 확보해야 하므로 상품의 원가 상승요인이 된다. 따라서 물가도 덩달아 상승하는 것이다. 현재의 부동산 가격은 부동산 투기의 역사가 시작되던 1960년대에 비해 수백 배 이상 뛰었다.

둘째, 땅값과 집값을 상승시켜 서민들의 부담을 가중시켰다. 만약 건설업자가 비싸진 땅값을 지불하고 아파트를 짓는다면, 아파트 분양가격이 상승한다. 소비자들은 그만큼 비싼 대가를 치르고 아파트를 살 수밖에 없다. 그리고 집 없는 서민들은 전세와 사글세 집을 전전하며 집 없는 설움을 겪어야 한다. 이 경우 세를 놓는 주인은 자신도 비싼 대가를 치렀기에, 자연히 전세값과 사글세값을 올릴 것이다. 이리하여 결국에는 집 없는 가난한 서민들에게까지 그 파급효과가 미치는 것이다.

셋째, 근로의욕 상실과 소득격차 심화 등 사회불안을 증폭시켰다. 부동산 투기로 인해 불로소득을 챙기는 사람들이 많아지면 성실하게 살아가는 많은 사람들이 상대적 박탈감을 갖게 되고 일할 의욕을 잃는다. 이는 사회에 대한 불만 요인이 되고 사회의 건강성을 해치고 만다. 노조의 과다한 임금인상 요구도 부동산 투기와 관련이 있다. 이는 건전한 사회활동을 통해서는 경제적 부를 축적할 수 없다는 상대적 상실감에서 비롯되기 때문이다. 보통 일반근로자나 직장인들은 성실하게 일해서 벌어들인 빠듯한 급여로 생활도 하고 저축도 한다. 또 10~20년을 목표로 내 집을 장만하는 것이 작은 소망인 사람들이 많다. 그러나 이러한 무주택 서민의 내 집 마련의 소박한 꿈은 아무리 열심히 일해도 평생 이루어질 수 없는 것이 되어가고 있다.

넷째, 경제운용에도 커다란 충격을 주고 걸림돌이 되어왔다. 이

는 특히 부동산 거품이 꺼지기 시작할 때 더 심각해진다. 거품 상태의 부동산 가격을 기준으로 대출해 주었던 돈들이 거품이 꺼지면서 한순간에 사라지고, 수많은 부실채권들을 양산해서 금융도 덩달아 부실해진다. 결국 경제 전체가 위축될 수밖에 없다. 이와 같이 부동산 투기는 한마디로 우리 경제사회를 병들게 하는 암적인 존재이며, 나라를 망치는 망국병인 것이다. 따라서 더이상 부동산 투기가 일어나지 않도록 강력한 제도적 장치를 확보하고 이를 일관성 있게 유지해 나가야 한다.

지금 부동산 가격이 빠졌다고 해서 부동산 투기심리가 근절되었다고 생각해서는 큰 오산이다. 단지 당분간 잠복해 있을 뿐이다. 언제 또다시 고개를 쳐들고 나올지 모른다. 호시탐탐 그 기회를 노리고 있다. 더욱이 아직까지도 부동산 가격 거품이 완전히 빠진 것도 아니다. 그럼에도 불구하고 부동산을 내수 진작책의 불쏘시개로 활용하려는 정책을 펼쳐서는 곤란하다. 이와 함께 우리 사회에 사행심리가 더이상 확산되지 않도록 해야 한다. 이를 위해서는 열심히 일하고 노력하는 사람이 성공하는 사회를 만들어나가야 한다. 서민과 젊은이들에게 삶에 대한 희망을 안겨주어야 한다. 계층간의 불평등을 완화시키고, 사회 부조리와 비리를 근절시켜야 한다. 그리고 사치와 허영을 경계하고 근면과 절약이 덕목이 되는 올바른 가치관을 우리 사회에 확산시켜 나가야 할 것이다. 이 모든 것들이 기성세대들이 풀지 못하고 지금의 젊은 세대들에게 남긴 커다란 숙제이다.

온정주의와 편 가르기 행태가
확산되다

　　2014 소치동계올림픽을 계기로 우리 스포츠계의 파벌문제가 수면 위로 떠올랐다. 러시아로 귀화한 뒤 소치올림픽에서 좋은 성적을 낸 '빅토르 안(한국이름 안현수)'에 대한 우리 국민들의 감정은 복잡했다. 이번 사건은 한국사회에서 버림받고 다른 나라 국민이 된 빙상 종목 선수가 그 나라의 영웅이 되어 조국에 한방 먹이는 반전 드라마 같은 것이었다. 그런데 우리 국민들은 여느 때 같으면 조국을 배신한 인간이라며 치를 떨었겠지만, 안현수 선수에 대해서는 대체로 관대했다. 오히려 그럴 만한 이유가 있었을 것이라며 그를 감싸주었다. 더욱이 안 선수가 우리 스포츠계에 대한 추문을 폭로한 뒤에는 그를 동정하는 여론이 더 커졌다. 이후 그는 우리 스포츠계의 뿌리 깊은 파벌문제 때문에 조국을 떠나게 되었다고 밝혔다.

사실 우리 스포츠계는 그동안 여러 가지 말이 많았다. 실력 있는 선수보다는 줄을 잘 서거나 그렇지 않으면 윗사람 말을 잘 듣는 '예스 맨yes man'이 득세하는 분위기가 만연되어 있었다. 이에 따라 실력은 있어도 배경이 좋지 않거나 윗사람 눈에 거슬리는 행동을 하면 기량을 마음껏 발휘하지 못한 채 도태되는 경우가 많았다고 한다. 그런데 이런 모습은 비단 스포츠계뿐 아니라 사회 곳곳에 만연된 어쩌면 우리 사회의 자화상이라 할 것이다.

우리나라 사람들은 선천적으로 유난히 정情을 강조하며 또 정에 약하다. 그리고 혈연, 지연, 학연 등의 연緣을 매우 중시한다. 그래서 우리 조상들은 이런 일정한 연을 가진 사람들끼리 서로 도움을 주고받으며 살아가는 모습, 즉 상부상조의 삶을 좋아했다. 또 이들은 계契라는 특수한 조직을 만들거나 유사한 집단을 형성해 구성원 상호간의 친목을 도모하거나 세를 과시하는 방편으로도 활용했다. 이 '정情'과 '연緣'의 유산이 제대로 잘 활용되었더라면 훈훈한 인간미가 넘치는 유산이 되었을 것이다. 그러나 안타깝게도 이것이 변질되고 남용되어 잘못된 온정주의와 파벌주의 유산으로 이어져오고 있다.

먼저 잘못된 온정주의 유산의 실상과 폐해를 알아보자. 지금의 중년들은 아날로그 세대이다. 이들은 합리적인 면보다도 감성에 더 많이 의존하는 경향이 있다. 대인관계에서도 끈끈한 친분과 의리를 중요시해 왔다. 물론 이로 인해 우리 사회가 정이 많은 사회이며, 덕분에 살아가는 맛이 나고 훈기가 있다는 긍정적인 평가를 받기도 한다. 그러나 우리 사회가 투명하지 못하고, 일 처리가 실력보다는 정실에 치우치는 관행이 일반화되어 있다는 부정적 평가가 훨씬 더 강하다. 나아가 이 온정주의에 입각해서 사람을 평가하는 관행마저 고착화되어 있다. 정이 많은 사람에 대해서는 그가 비록 실수를 하거나 올바른 판단을 내리지 못하더라도 '의리가 있다', 혹은 '융통성이 있다' 라고 칭송한다. 반대로 합리적이거나 냉철한 판단력의 소유자에 대해서는 사뭇 비판적이다. '고지식하고 융통성이 없다', '인정머리 없는 인간' 또는 '냉혈한' 으로 매도해 버리는 경향이 강하다.

이 때문에 어떤 중요한 판단과 결론을 내려야 할 위치에 있는 사람이 업무를 처리할 때, 합리적이거나 논리적으로 접근하기보다는 감정적이거나 온정에 의존하지 않을 수 없는 어려움에 처하는 경우가 자주 발생하고 있다. 이는 그동안 우리 경제사회가 성숙하는 데 항상 걸림돌이 되어왔다. 다시 말해 지금 이 시대는 기준과 원칙에 따라 일 처리를 하기가 쉽지 않다는 것이다. 물론 온정주의는 적당한 선을 유지하면 사회를 따뜻하고 아름답게 유지하는 측면이 있다. 그러나 선을 넘어서면 문제가 발생하며, 또 그 특성상 대부분 선을 넘어서게 된다. 불합리를 눈감아주고 소신을 말할 수 없으며, 다수 의견에 적당히 맞추어가도록 유도하기도 한다. 결국 명철한 판단이 불가능해지며, 대충 때우고 넘기는 적당주의가 만연해진다. 이로 인한 비용은 고스란히 국가와 국민의 부담으로 돌아온다.

우리 사회에 뿌리깊이 내려진 파벌주의 유산이 남긴
폐해는 무엇일까? 우선 국가의 분열을 조장하여 상생과 공존을
방해한다는 점이다. 다시 말해 분열주의를 조장하는 것이다.
그리고 인사의 공정성을 해친다는 점이다. 이제 우리는
온정주의 대신 '합리주의'를 패거리 파벌문화 대신
'공동체 문화'를 지향해 나가야 한다.

한편, 또 하나의 부정적인 유산인 파벌주의의 실상과 폐해는 무엇일까? 우리는 주변에서 흔히 '줄 잘 서!', '줄 잘못 서면 인생 망쳐!', '인생은 줄이다. 능력 있으면 뭐해, 줄을 잘 서야지! 까짓것 능력 그거 아무 소용없어!' 등의 자조 섞인 말을 자주 듣는다. 모두가 연줄의 중요성을 빗대어 하는 말이며, 패거리 문화와 파벌주의를 개탄하는 뜻에서 생겨난 이야기들이다. 그런데 이런 말도 안 되는 말들이 진짜 현실에서 엄연히 벌어지고 있다는 것이 비극이다. 더욱이 이 파벌주의는 어느 특정 분야에 한정된 문제가 아니라 우리 사회 전반에 걸쳐 광범위하게 나타나고 있다.

우선 정치권을 보더라도 지금도 여전히 지방색 정치가 이어지고 있다. 우리나라 정당은 동서분할 구도 속에서 영남당과 호남당이 고착화되었다. 지역간의 갈등과 국론분열을 조장하는 이 지방색은 좀처럼 수그러들지 않고 있으며, 우리 시대의 가장 큰 병폐 중 하나이다. 지연 못지않게 학연도 주요한 패거리 요인의 하나이다. 능력이나 자질보다는 그저 어떤 학교를 나왔는지가 그 사람을 평가하는 잣대가 되고 있다. 그러다 보니 학력위조 사건도 발생하고, 돈을 받고 학위논문을 대신 작성해 주는 전문업소가 적발되어 우리 사회를 떠들썩하게 하는 일이 비일비재하다.

그러면 우리 사회에 뿌리깊이 내려진 이 파벌주의 유산이 남긴 폐해는 무엇일까? 우선 국가의 분열을 조장하여 상생과 공존을 방해

한다는 점이다. 파벌주의의 특징은 팔은 안으로 굽는다는 속담처럼 끼리끼리 뭉친 뒤, 자신들 밖의 집단에 대해서는 배척하거나 거부하고 소외시키는 이기주의 풍조를 드러낸다. 다시 말해 분열주의를 조장하는 것이다. 그 결과 중추 세력집단에 들지 못한 사람들은 천덕꾸러기가 되고 따돌림을 받는다. 또다른 폐해로는 인사의 공정성을 해친다는 점이다. 인사가 공정하게 이루어지지 않고, 더 많은 안면과 좋은 학연·지연을 갖고 있는지가 인사의 중요한 척도가 된다면 누가 성실하게 최선을 다해 일하겠는가?

아직도 우리 사회 구석구석에는 이 잘못된 온정주의와 파벌주의 유산이 도사리고 있다. 그 폐해로 인해 우리 사회가 몸살을 앓고 있다. 안현수 선수의 러시아 귀화도 그러하며, 세월호 참사도 따지고 보면 모두 이 잘못된 유산에서 비롯된 것이다. 따라서 지금의 젊은이들은 이런 좋지 않은 유산을 한시바삐 타파해 나가야 한다. 그러지 못하면 앞으로도 제2, 제3의 안현수 선수가 연이어 나타날 것이고, 또 다른 대형 참사가 일어나지 않으리라는 보장도 할 수 없다. 이 온정주의와 파벌주의를 불식시키기 위해서는, 무엇보다 사회구성원 전체의 의식 개혁이 중요하다. 물론 사회지도층에서 솔선수범해야겠지만, 이는 결코 어느 특정세력만의 문제는 아니다. 이제 우리 모두 온정주의 대신 '합리주의'를, 개인이익 중심의 패거리 파벌문화 대신 공공의 이익을 중심으로 하는 '공동체 문화'를 지향해 나가야 할 것이다.

체면치레와 허례허식
풍조가 만연하다

　　우리의 일상생활에서 체면이란 말이 자주 사용되고 있다. '체면 때문에 어쩔 수 없다.', '체면이 말이 아니다.', '체면 좀 세워야겠다.', '체면 좀 차려라.' 등등. 이는 우리나라 사람들이 체면에 대해 그만큼 강한 애착을 가지고 있음을 반영하는 것이다. 이와 함께 품위유지비 또는 체면유지비라는 용어도 자주 등장하고 있다. 이는 친구나 직장동료와의 관계를 원만히 유지해 나가는 데 필요한 최소한의 비용 지출을 뜻한다. 대표적인 것이 결혼축의금과 상가조의금이다. 이 비용에 대한 부담은 사회적 신분과 직위가 상승하는 중년세대에서 가장 높게 나타난다. 물론 체면유지는 사회생활을 할 때뿐만 아니라 은퇴 이후에도 필요하다. 아니 오히려 나이가 들수록 더 많이 필요한 것이 금전적인 품위라고 말하기도 한다. 그런데 그 부담이 만만치가 않다.

이 부담을 제대로 지지 않으면 자칫 관계가 틀어지거나 따돌림을 받을 수도 있다. 다만, 이는 나중에 자신에게도 대소사가 닥칠 때 되돌려 받을 수 있는 일종의 보험금 같은 성격도 지닌다.

"요사이 밀려드는 경조사에 정신을 차릴 수가 없어요. 제 나이가 50줄이니 그럴 수밖에 없겠지요. 그런데 체면상 그냥 몸만 갈 수도 없고 같이 동행하는 봉투가 문제이지요. 특히 이번에 가야 할 자리는 좀 특수한 관계에 있는 사람이라 20만~30만 원은 넣어야 될 것 같은데…"

이와 같이 체면유지 비용이 큰 이유는 무엇일까? 기본적으로 아직도 혼례와 장사를 너무 호화롭게 치르기 때문이다. 그래도 상조문화는 많이 간소화되고 깨끗해졌다. 전문 장례식장들이 여기저기 생겨나면서 새로운 장례문화가 정착되어 가고 있다. 특히 그동안 '경사에는 참석하지 못하더라도 애사에는 꼭 참석해야 한다.'는 우리 민족의 독특한 정서로 인해 문상을 가면 고스톱을 치거나 술을 마시면서 밤을 새우는 문화가 있었다. 그런데 최근 들어 그러한 모습이 거의 사라져가고 있다. 대신 간단한 음료와 식사를 마친 뒤 조용히 자리를 뜨는 경우가 많아졌다. 이 때문에 지나친 음주로 문상객끼리 다툼을 벌이거나 행패를 부려 유족들을 당황하게 만드는 일도 사라지고 있다. 이와 함께 화장火葬이 매장埋葬을 대신한 주요 장례문화로 자리잡고 있다. 사망자 10명 가운데 7명이 화장을 선택할 정도다.

이와 같이 장례문화는 그래도 많이 개선되고 있는 데 비해, 결혼 풍속도는 여전히 낭비요소가 너무 많아 돈이 줄줄 새고 있는 형국이다. 특히 혼수는 비용도 많이 들지만 사돈집안 간에 반목과 불화를 일으키는 등 두고두고 문제가 되고 있다. 혼수가 많으니 적으니 하며 혼수를 둘러싼 양가의 다툼에서부터, 이로 인한 불화가 신혼부부의 파경을 부르는 경우를 주위에서 자주 볼 수 있다. 결혼식은 사랑하는 남녀가 만나 새로운 삶을 시작하는 의식임에도 불구하고, 우리의 결혼문화는 혼주의 부나 권세를 과시하기 위한 자리로 둔갑해 버린 감이 없지 않다. 그래서 진정한 결혼의 의미가 퇴색되고 있다. 한마디로 허례허식이 도가 지나치다는 것이다. 특히 유명 특급호텔에서 치르는 과시적인 호화결혼식은 이의 전형이다. 소요되는 비용을 감안할 때 10만 원짜리 축의금 봉투를 들고 가서는 자리에 앉아 식사대접을 받기가 민망하다. 그러니 혼주에게 눈도장만 찍고 축의금을 낸 뒤 바로 자리를 뜰 수밖에 없다. 중요한 건 결혼생활이지 결혼식이 아니다. 인생에 한 번뿐이라는 생각에 무리까지 하면서 결혼식을 치르고, 결혼 후 날아드는 카드고지서에 한숨짓는 일은 없어야겠다. 더욱이 이러한 호화결혼은 결혼당사자 개인에게도 비용부담이 과중하지만 계층간의 위화감을 조성하는 원인이 되기도 한다.

이러한 체면치레와 허례허식 풍조는 어쩌면 치열한 경쟁과 성과만능주의 사회에서 도태되지 않고 자신을 보호하기 위한 동물적인 본능에서 비롯된 것인지도 모르겠다. 그런데 지금의 중년세대들은 이런 성향을 근절시키기는커녕 오히려 증폭시켜 놓았다. 이는 아마도 그동안 가난하게 살아왔던 열등감에 대한 반작용이 아닐까 싶다. 이제는 나도 좀 잘살고 있다는 것을 과시하고 싶은 모양이다. 그 증표의 하나로 친지의 경조사에 분수를 넘어서는 과도한 부조금을 전달한다. 그 결과 서민들은 뱁새가 황새 따라가려다 가랑이 찢어지는 사태를 어쩔 수 없이 당하고 있다.

한편, 이러한 기성세대들의 잘못된 체면치레와 허례허식 풍조가 젊은 세대에게로 이어지고 있는 것 같아 더욱 안타까운 마음을 금할 길 없다. 갈수록 젊은층의 과시적인 명품 소비가 늘어나고 있다는 소식이 전해지고 있다. 물론 그들이 비싼 명품 한두 개 정도 구입했다고 해서 큰 문제가 되지는 않을 것이다. 문제는 명품 소비심리의 경우 중독성이 있어 지속적으로 나타난다는 점, 또 일반인들의 모방심리를 자극해 사회 전반에 과소비 풍조를 전염시킨다는 점, 나아가 명품 구입 여력이 없는 서민들에게 위화감을 조장할 우려가 있다는 점 등이다. 지금의 젊은 세대들은 기성세대와는 많이 다르며 또 달라야만 한다. 그들은 가난으로 인한 열등감이 없다. 또 그들은 솔직함과 당당함도 갖고 있다. 그러기에 자신의 형편에 걸맞은 생활 패턴을 유지해 나가야만 한다. 겉만 요란한 허례허식과 낭비를 없애고, 근검과 실질을 숭상하는 합리적인 의식을 가지고 행동해야 할 것이다.

체면치레와 허례허식 풍조는 어쩌면 치열한 경쟁과
성과만능주의 사회에서 도태되지 않고 자신을 보호하기
위한 동물적인 본능에서 비롯된 것인지도 모르겠다.
그런데 지금의 중년세대들은 이런 성향을
근절시키기는커녕 오히려 증폭시켜 놓았다.
이는 아마도 그동안 가난하게 살아왔던 열등감에 대한
반작용이 아닐까 싶다.

적절한 소비는 생활에 활력소가 되고 생동감을 주지만, 지나친 소비는 파국을 몰고 온다. 이는 개인경제나 국가경제나 동일하게 적용된다. 우리는 지금부터라도 사회 전반에 합리적 소비 풍조를 확산시켜 나가야 한다. 그래야 우리 사회가 보다 성숙한 선진경제 사회로 이행될 수 있다.

개천에서 용 나기
어려운 세상이 되다

　　어느 한 연구조사 결과에 따르면 한국인의 70% 이상이 조급증에 시달리고 있다고 한다. 그런데 이런 증상은 가정이나 학교, 직장에서 항상 잘해야 한다는 생각에 사로잡혀 자신을 잠시도 쉬지 못하게 하는 심리적 압박에 시달리는 정신적 결함 증세라고 한다. 이런 부류에 속하는 사람들은 시험을 잘 보지 못한 학생이면 아파트 옥상에서 뛰어내리고, 직장 승진에서 밀린 사람이라면 자살을 시도하는 등 극단적 행위도 서슴지 않는다고 한다.

　　지금 이 시대를 살아가는 우리 젊은이들은 많이 아파하고 힘들어한다. 불투명한 미래를 불안해하며 방황하고 있다. 대학진학과 취업에 아름다운 청춘의 열정을 탕진하고서 기진맥진해하고 있다. 이들은 유년기 시절부터 학습열병에 시달리며 살아왔다. 천신만고 끝에 대학에 들어가도 그 기쁨은 잠시, 값비싼 등록금에 허리가 휜다. 아르바이트를 해보지만 그래도 여의치가 않아 카드빚을 내고 심지어 대부업체의 문도 두드려본다. 그러다가 덜컥 신용불량자로 전락하기도 한다.

이런 힘든 고비를 넘기고 졸업을 해도 고난은 끝이 없다. 취업은 대학진학보다 더 어려워 그야말로 하늘의 별따기다. 우리 주변에는 어디 가나 취업재수생이 넘쳐난다. 백수로 몇 년을 지내다 보면 비정규직도 고맙게 여겨진다. 그러나 비정규직은 파리 목숨이라 늘 불안하기만 하다. 요행히 정규직으로 취직한 젊은이도 불안하기는 마찬가지다. 치열한 경쟁에서 살아남기 위해 밤샘근무를 밥 먹듯이 한다. 빠듯한 월급으로는 저축은커녕 하루하루 살아가기에 급급하다. 천정부지로 뛰어오른 집값에 내 집 마련은커녕 전셋집 얻기도 힘들다. 그래서 결혼은 꿈꾸기도 어려운 과제가 돼버렸고, 어느 사이 노총각 노처녀가 되어간다. 이들은 결국 시중에서 말하는 연애·결혼·출산을 포기한 '3포 세대'가 되거나, 혹은 저임금에 시달리는 비정규직 생활을 감내해야 하는 '88만원 세대'가 되어간다. 더욱이 갈수록 수명은 길어지는데 노후생활에 대한 보장은 막막하다. 청년자살률이 세계 제일이라고 한다. 이것이 오늘을 살아가고 있는 많은 젊은이들의 서글픈 현실이다.

누가 이들을 이렇게 벼랑 끝으로 몰아갔는가? 무엇보다 지금 중년이 된 기성세대의 책임이 크다. 물론 우리나라가 이 정도라도 살 수 있게 된 것은 그동안 기성세대가 피땀 흘려 노력한 결과임은 틀림없다. 그러나 기성세대는 오로지 우리도 한번 잘살아보겠다며 정신없이 앞만 보고 달려오다 보니, 여러 가지 건강하지 못한 후유증도 남겼다. 돈이면 다 된다는 물질만능 풍조를 확산시켰고, 지나치다 싶을 정도의 경쟁의식도 조장했다. 그 결과 남에 대한 배려가 부족하고, 내 이익을 위해서는 공익도 등한시하는 좋지 못한 유산도 남기게 되었다. 무엇보다 아무리 열심히 노력해도 미래가 보이지 않고 희망이 없는 세상이 되어가는 것에 대한 책임이 크다고 할 것이다. 이는 가진 계층과 그렇지 못한 계층 간에 부의 축적 수준의 격차가 너무 커져 있기에, 즉 양극화 현상이 너무 심화되어 있기에 혼자 힘으로는 이를 극복해 나가기가 거의 불가능해진 것이다.

이제는 더이상 개천에서 용 나기가 어려운 세상이 되어버렸다. 이는 부모의 배경이 자식의 장래를 좌지우지하고 있기 때문이다. 다시 말해 부모의 권세 혹은 경제력이 아이들의 장래를 좌우하는 결정적인 요인이 된다는 말이다. 다행히 유복한 가정에서 태어나면 좋은 교육을 받을 수 있어, 좋은 대학에 가서 좋은 직장을 구할 수 있는 가능성이 크다. 이들은 설사 잘못 풀려 좋은 직장을 구하지 못하더라도, 부모로부터 물려받은 재산을 바탕으로 그럭저럭 사업을 꾸려나갈 여지가 있다. 한마디로 본인의 실력이 좀 모자라도 부모님의 배경만 탄

누가 이들을 이렇게 벼랑 끝으로 몰아갔는가?
기성세대들은 돈이면 다 된다는 물질만능 풍조를 확산시켰고,
지나치다 싶을 정도의 경쟁의식도 조장했다. 그 결과
남에 대한 배려가 부족하고, 내 이익을 위해서는 공익을
등한시하는 좋지 못한 유산도 남기게 되었다.
무엇보다 아무리 열심히 노력해도 미래가 보이지 않고
희망이 없는 세상이 되어가는 것에 대한 책임이
크다고 할 것이다.

탄하다면 큰 문제가 되지 않는다. 이에 반해 경제적으로 쪼들리는 가정에서 태어난 아이들은 좋은 교육을 받기가 어렵다. 그들은 치열한 경쟁과 배려가 부족한 사회분위기에서 도태될 수밖에 없는 것이 현실로 되어버렸다. 그래서 이제 인생은 '운칠복삼運七福三'이라고 하지 않는가!

그런데도 우리 젊은이들은 이러한 입시지옥, 치열한 취업전쟁, 숨 막히는 경쟁의 연속 등 온갖 시련과 어려움 속에서도 학업, 문화와 예술, 스포츠 등 거의 모든 분야에서 세계적으로 두각을 나타내며 대한민국을 빛내고 있다. 또 세상을 바꾸어나가고 있다. 그래서 우리 중년의 기성세대들은 젊은 그대들을 믿으며 또 그대들에게서 희망을 보고 있다. 직면한 현실이 아무리 어렵고 힘들어도 우리 젊은이들이 결코 좌절해서는 안 되는 이유가 바로 여기에 있는 것이다. 이러한 우리 사회의 부정적 유산들이 하루아침에 없어지지는 않겠지만 중장기적으로 보면 끊임없이 개선되고 개혁되는 것을 볼 수 있다. 이를 우리 젊은이들이 앞장서 촉진해 나가야 할 것이다. 기성세대의 좋지 않은 관행과 행태에서 과감히 벗어난다면 우리 젊은이들은 아무리 힘든 역경 속에서도 희망의 미래를 열 기회를 잡을 수 있다.

애플사를 창업하고 아이폰, 아이패드를 출시해서 IT업계에 새로운 바람을 불러일으킨 스티브 잡스는 불우한 환경에서 태어나 대학도 스스로 중퇴했다. 그렇지만 위대한 창의적 결과물들로 인류의 삶에 커다란 변화와 발전을 가져다주었다. 그가 살아 있을 때 미국 스탠퍼드대학 졸업식에서 행한 연설의 한 구절인 "Stay hungry, stay foolish.(항상 갈망하라, 우직하게 나아가라)"는 말은 지금의 우리 젊은이들에게 많은 것을 시사하고 있다. 대한민국의 젊은이들이여, 좀더 굳건한 자긍심을 가지고 살아가라! 지금 당장보다는 좀더 먼 장래를 내다보며 작지만 큰 꿈을 가지고 살아가라!

분단의 아픔을 넘어
통일로 가는 길이 험난하다

1950년 6월 25일 일요일 새벽을 시작으로 3년간 지속된 민족상잔의 비극은 우리의 인명과 재산에 커다란 손실을 끼쳤다. 이 전쟁으로 인한 사상자는 약 150만 명에 달했고, 건물·도로·공장 등 대부분의 시설이 파괴되었다. 이처럼 잔혹한 상처만 남긴 채 전쟁은 1953년 7월 27일 휴전을 맺었다. 그리고 반세기를 넘어 60년의 세월이 흘러갔지만 아직도 분단의 아픔은 지속되고 있다.

통일은 여전히 미지수다. 1989년 베를린 장벽이 무너지고 서독과 동독의 동포들이 손을 마주잡은 뒤, 이제 우리나라는 세계유일의 분단국가로 남아 있다. 북한은 우리와 가장 가까이 있으면서도 유일하게 갈 수 없는 곳이다. 아이러니가 아닐 수 없다. 남북한은 오천 년

역사를 이어온 단일민족 국가임에도 불구하고 서로 비방뿐만 아니라 총부리를 겨눈 채 맞서고 있다. 우리의 이 같은 모습은 후에 통일이 되더라도 영원한 수치로 남을 것이다.

이산가족 상봉은 한 편의 각본 없는 드라마였다. 눈물 없이는 도저히 볼 수가 없는, 그 어떤 드라마보다 감동적인 드라마였다. 우리 모두는 이산가족 상봉 장면에서 눈을 떼지 못했다. 하염없이 흐르는 눈물을 주체할 수 없어 목 놓아 엉엉 울고 말았다. 6·25전쟁의 비극이 얼마나 크고 이산가족의 재회와 통일에 대한 우리 민족의 갈망이 얼마나 간절한지를 보여주었다.

1983년 6월 30일 밤 10시 15분, KBS TV는 〈누가 이 사람을 모르시나요〉라는 타이틀로 이산가족을 찾는 프로그램을 생방송으로 방영했다. 첫 번째 이산가족 상봉이 이루어졌다. 신영숙(당시 40세) 씨가 1·4후퇴 때 헤어진 사촌남매 일곱 명을 한꺼번에 만나면서 목멘 울음소리가 전파를 타고 전국에 울려 퍼졌다. 그 감동이 전국으로 퍼져나가자 KBS 중앙홀에 설치된 접수대에는 갑자기 신청이 쇄도했다. 전국 각지에서 택시를 대절해 달려오는 사람이 줄을 이었다. 밤 11시경에는 중앙홀이 거의 꽉 차버렸다.

이 프로그램은 당초 120분짜리로 기획되었으나 상황이 이렇게 되자 방송시간을 연장했다. 방송된 4시간 동안에 몰려든 신청자는 무려 2,000명에 달했다. 이산가족을 찾는 행렬이 예상을 뛰어넘어 장사진을 이루자 KBS는 모든 정규방송을 중단하고, 5일 동안 이산가족 찾기라는 단일 주제로 릴레이 생방송을 진행했다.

이산가족 프로그램은 이후에도 계속되었다. 같은 해 11월 14일까지 총 453시간 45분 동안 방송됨으로써, 단일 주제 생방송 최장기록을 남겼다. 이 프로그램을 통해 총 10만 952건의 신청이 접수되어 1만 180여 이산가족이 상봉했다. 그 이후 남북한 정부당국간의 공식적인 이산가족 교류는 1985년에 이루어졌다. 남북한은 같은 해 8월 15일에 이산가족 상호방문에 합의하고, 9월 20일 각각 151명으로 구성된 남북한 고향방문단 및 예술공연단이 서울과 평양을 교차 방문했다. 남북 분단 이후 실로 35년 만에 이루어진 역사적인 첫 이산가족 상봉이었다.

2000년 이후 남북한 이산가족 상봉 사업을 정례화하기로 했으나, 북한이 이런저런 트집을 잡아 순조롭게 진행되지 못하고 있다.

한편 이산가족의 상봉은 기쁨 못지않게 그 후유증도 컸다. 가족과 만나는 순간 감격을 참을 수 없어 그들은 통곡했다. 백발이 된 형님의 모습을 보니 너무도 허무한 생각이 들었다. 그러나 진짜 참을 수 없었던 것은 이 몇 시간의 만남 후에 또다시 생이별을 해야 한다는 사실이었다. 그 생각을 하니 분노가 치밀었다. 상봉 후 몇 달 동안 거의 식

우리가 아무리 경제가 발전하고 선진국이 된다고 해도
같은 민족이 둘로 나뉘어 서로 총부리를 겨누고
적대시하는 분단국가라는 사실은 부끄러운 일이다.

우리의 소원은 통일, 통일이여 오라! 어서 오라!

사도 못 하고 뜬 눈으로 밤을 새우다시피 했다. 빨리 재결합할 수 있는 때가 와서 같이 살고 싶다는 생각이 간절했다. 상봉행사 이후 실망, 우울, 무기력, 허탈감, 안타까움 등의 정신적 충격과 후유증으로 몸져눕거나 시름시름 앓다가 건강이 악화되어 돌아가신 분도 적지 않았다.

국토분단으로 이산가족이 된 사람들은 반세기가 넘는 세월 동안 이미 소식이 끊겼고, 서로간의 왕래는 고사하고 생사조차도 확인할 수 없는 경우가 대부분이다. 사랑하는 가족을 지척에 두고도 만나지 못하는 이들의 고통이 하루빨리 끝날 수 있기를, 그리고 통일의 그날이 하루라도 빨리 앞당겨질 수 있기를 고대해 본다.

그러면 통일을 위해 우리가 준비해야 할 사항은 무엇일까? 우선 경제력과 국방력을 키워나가야 한다. 사전준비도 철저히 해야 한다. 이를 위해서는 독일의 통일 경험이 많은 참고가 될 수 있겠지만, 어디까지나 참고일 뿐이다. 이외에도 통일을 가로막고 있는 여러 가지 요소들, 즉 남북한 상호간의 이념 차이, 적대감, 막대한 통일 비용, 문화적 갈등 등을 점검하고 해소해 나가야 한다. 그러나 이러한 것들은 서로 노력하면 점차 해소될 수 있을 것이고, 또 세월이 흐르면 자동적으로 치유될 부분들이다. 보다 중요한 것은 비용도, 시간도, 이념도 아니다. 바로 통일을 바라보는 우리들의 생각이다.

지금 우리가 이만큼이라도 잘살고 있는 것은 6·25전쟁 당시 나라를 위해 목숨을 바친 장병들과 애국선열들의 희생이 있었기 때문이다. 이분들의 희생이 헛되지 않도록 하기 위해서라도 하루빨리 통일이 되어야 할 것이다. 같은 민족임에도 불구하고 서로 으르렁거리며 살아야 했던 지난 과거들, 가슴속에 피멍이 들어도 그 그리움을 못내 지우고 살아야 했던 지난 슬픈 세월, 이제는 그 아픈 상처들을 사랑의 마음으로 달래주어야 할 때이다. 가족의 소중함을 일깨우며, 한민족의 뿌리를 사랑하며, 세상에서 가장 아름다운 것이 무엇인지를 서로에게 알리고 보듬어주어야 할 것이다. 이제 무엇인가를 실제로 시작할 때이다.

늦었다고 생각할 때 시작하라는 말처럼 지금부터라도 우리는 우리나라의 사명이자 숙제인 통일을 앞당기기 위해 구체적인 행동을 취해나가야 할 것이다. 그런데 염려스러운 것은 지금의 젊은이들에게는 통일에 대한 애착이나 절실함 같은 것이 그다지 크지 않다는 점이다. 오히려 통일이 되면 우리의 부담이 늘어날 것이라며 걱정하는 젊은이마저 적지 않다고 한다. 이 또한 우리 중년세대의 잘못이다. 중년들이 그들에게 그런 마음가짐을 가지도록 만든 측면이 크기 때문이다. 지금부터라도 우리는 젊은이들에게 통일의 의미와 함께 통일이 될 경우 우리에게 무엇이 득이 되는지를 구체적으로 알리고 심어주어야 한다.

무엇보다도 통일은 우리 민족의 아픔을 치유하는 길임을 이해시켜야 한다. 우리가 전쟁의 공포에서 벗어나 안심하고 살아갈 수 있는 길이라는 점도 그러하다. 또 우리가 경제적인 측면에서 일본을 넘어서고, 국제사회에서 중국과 러시아, 미국에 당당하기 위해서라도 통일은 빠른 시일 내 이루어져야만 한다는 점을 설득해야 한다. 우리가 아무리 경제가 발전하고 선진국이 된다고 해도 같은 민족이 둘로 나뉘어 서로 총부리를 겨누고 적대시하는 분단국가라는 사실은 부끄러운 일이다. 세계무대에서 당당한 국가로 서기 위해서라도 하루빨리 통일이 되어야 한다.

우리의 소원은 통일, 통일이여 오라! 어서 오라!

5장

새로운 시작,
행복한 남은 삶을 위하여

꿈꾸지 말고 이제는 누리자!

　　지금의 중년들은 누리고 사는 것에 익숙하지 않다. 늘 먹고사는데 바빠 그럴 기회가 없었다. 아니 어쩌면 그들은 그렇게 살아서는 안된다는 생각에 사로잡혀 있었는지도 모르겠다. 그들에게는 매사에 가족과 자식이 우선이었고 자신은 뒷전이었다. 그러다 보니 누린다는 것은 먼 나라 사람들의 일로만 생각되었고, 자신들에게는 호사이자 사치였다. 그러나 그들도 이제 인생의 반환점 이후에 와 있다. 시간이 그리 많지 않다. 그들이 이제 남은 생을 즐기면서 행복을 추구한다 해서 마뜩찮아 할 사람은 아무도 없을 것이다.

　　다만, 개인의 행복을 추구하면서 이에 더하여 이 사회의 일원으로서 또 어른으로서 국가 사회적 과제를 해결하는 데 힘을 보탤 수 있다면 더더욱 보람 있는 날들이 될 것이다. 젊은 시절 힘써 추진했지만 못 다 이룬 여러 가지 사회적 과제들, 예를 들면 제도와 의식의 선진화, 통일 문제 등을 해결해 나가는 데도 열심히 동참하고 기여해야 할 것이다.

'행복'은 무엇일까? 사전에는 '생활에서 기쁨과 만족감을 느껴 흐뭇한 상태'라고 서술되어 있다. 행복에 도달하기 위해서는 물질적 풍요, 정신적 안정감, 가족들과의 사랑, 원만한 대인관계 등의 요소들이 만족할 만큼 충족되어야 할 것이다. 그러나 현실에서 정답은 없다. 만족의 크기는 너무나 주관적이기 때문이다. 그래서 행복이란 우리의 마음먹기에 달린 것이라고 한다. 또 행복을 추구하기 위해 노력하는 과정이 중요하다고 한다. 사실 행복의 요소들은 우리 생활 주변에 널려 있다. 그러나 우리는 이를 잘 인식하지 못하거나 대수롭지 않게 여기며 살아가고 있다. 그 하나하나는 매우 작아 보이기 때문이다. 아니 그보다도 우리의 욕심이 지나치게 크기 때문이다.

우리는 작은 행복 대신 커다란 행운을 찾아 헤매고 있다. 그래서 찰나의 행운을 잡기 위해 수많은 행복을 짓밟게 된다. 많은 사람들이 이미 행복이 넘쳐나는데도 그것을 알지 못한 채, 늘 지금보다 나은 삶을 위해 행운만을 뒤쫓으며 살아가고 있다. 풀밭이나 들판에 나가 보면 사람들은 네잎클로버를 찾으려고 노력하면서 지천에 널려 있는 세잎클로버는 별로 소중하게 여기지 않는다. 그런데 이렇게 흔하게 볼 수 있는 세잎클로버의 꽃말이 '행복'이다. 반면, 우리가 수많은 세잎 클로버를 짓밟으면서 찾아 헤매는 네잎클로버의 꽃말은 '행운'이다. 바꾸어 말하면 우리는 행운 하나를 찾겠다고 주변의 수많은 행복들을 마구 짓밟고 있는 셈이다.

고대 그리스철학이 꽃피우던 시절, 스토아Stoa학파와 에피쿠로스 Epicurus학파간의 불꽃 튀는 논쟁이 있었다. 스토아학파는 금욕주의 학 파로 플라톤과 아리스토텔레스의 이성을 중시하는 전통을 계승했다. 그리고 그들은 자연의 법칙, 신의 법칙을 따르는 삶을 강조했다. 그리 고 이상적인 삶의 상태로 '아파테이아apatheia'를 주장했는데, 아파테이 아란 모든 감정을 억제하여 어떤 것에 의해서도 마음이 흔들리지 않 는 부동심不動心의 상태를 뜻한다. 반면, 에피쿠로스학파는 감각적 경 험과 쾌락을 중시했다. 이상적인 삶의 상태로 '아타락시아ataraxia', 즉 평정심平靜心을 주장했다. 다시 말하면 에피쿠로스학파는 인간이란 행 복하고 즐겁게 살아갈 권리가 있다고 주장한 것이다. 하지만 그들이 중시하는 쾌락이란 육체적·환락적인 쾌락에만 국한된 것은 아니다. 오히려 몸의 고통이나 마음의 혼란으로부터의 자유가 더 중요한 의미 를 가지고 있다.

어떤 이론이 더 옳고 그르다는 평가를 내리는 것은 불가능하다. 또 에피쿠로스학파의 철학이 배격되어야 할 이유를 찾기는 더욱 어렵 다. 현실을 무시한 채 이루어지지도 않을 이상과 꿈에만 젖어 살 경우,

모네가 살았던 지베르니의 수련이 있는 연못

흔하게 볼 수 있는 세잎클로버의 꽃말이 '행복'이다.
반면, 우리가 수많은 세잎클로버를 짓밟으면서 찾아
헤매는 네잎클로버의 꽃말은 '행운'이다. 바꾸어 말하면
우리는 행운 하나를 찾겠다고 주변의 수많은 행복들을
마구 짓밟고 있는 셈이다.

"현재를 즐겨라, 되도록 내일이란 말은 최소한만 믿어라.
Carpe diem, quam minimum credula postero".

이는 인생을 낭비하는 것이다. 중세의 암흑기가 종료되고 르네상스 시대가 열리게 된 것도 다름 아닌 현실의 삶을 중시하자는 데에서 비롯되지 않았던가!

중년으로 접어들면 인생의 즐거움, 내가 지금 하는 일들, 내가 만나는 사람들과의 관계들이 매우 소중해진다. 왜냐하면 현재를 충실하게 즐겁게 보내는 것이 좋은 추억으로 가득 찬 과거를 만드는 일이며, 또 현재를 만드는 일이고 꿈꾸는 미래를 만들어가는 것이기 때문이다. 일상에서 경험하는 사소한 즐거움들이 바로 우리 삶 전체를 즐거움으로 채워주는 소중한 사건들이다. 너무 많은 것을 복잡하게 생각하기보다는 현재 있는 그곳에서 그 시간이 즐겁도록 최선을 다하는 것이 중요하다. 재산관리도 그렇다. 이제는 모으는 것보다 쓰는 것이 더 중요한 시기에 와 있다. 자기가 하고 싶은 것을 위해 아낌없이 지출하자. 그리고 주위 사람들에게 많이 베풀자. 너무 많은 돈을 남겨놓고 갈 필요는 없다. 자식들에게 많은 돈을 남기고 가는 것이 자식들에게도 결코 좋은 것만은 아니다. 어쩌면 가장 효율적인 재산 관리는 죽을 때 자신의 재산이 제로zero가 되도록 열심히 소비하며 사는 것인지도 모른다.

영화 〈죽은 시인의 사회 Dead Poets Society〉에 이런 명대사가 있다. 선생님이 학생들에게 들려준 "카르페 디엠– 오늘을 즐겨라, 소년들이여, 삶을 비상하게 만들어라!"라는 말이다. 이는 전통과 규율에 도전하는 청소년들이 추구하는 자유를 일컫는 말로 대변되고 있다. 이 '카르페 디엠'이란 에피쿠로스학파인 호라티우스 Quintus Horatius Flaccus, BC 65~BC 8 가 "현재를 즐겨라, 되도록 내일이란 말은 최소한만 믿어라(Carpe diem, quam minimum credula postero)."의 부분 구절이다. 여기서 그는 '미래는 알 수 없는 것'이라고 말했다. 우리는 미래에 정말 실현될지도 모르는 것에 막연한 기대를 가지고 살아가는 경향이 강하다. 그로 인해 현재의 삶이 너무 많이 희생당하고 있다. 젊을 때는 보다 나은 미래를 위해 현재를 어느 정도 희생할 필요가 있을지도 모른다. 그러나 중년이 되어서는 시간이 많지 않다. 지금의 시간과 기회를 놓치지 말아야 한다. 미래에 대한 그 기대가 실현될 가능성이 크지 않다면 더더욱 그러할 것이다. 더글러스 태프트 Douglas Taft 전 코카콜라 회장의 유명한 2000년 신년사 중 일부를 소개한다.

Don't use time or words carelessly. Neither can be retrieved.

Life is not a race, but a journey to be savored each step of the way.

Yesterday is History, Tomorrow is a Mystery, and Today is a gift; that's why we call it - the Present.

시간이나 말을 함부로 사용하지 말라. 둘 다 다시는 주워 담을 수 없다.

인생은 경주가 아니라 그 길의 한 걸음 한 걸음을 음미하는 여행이다.

어제는 역사이고, 내일은 환상이며, 그리고 오늘은 선물이다. 그렇기에 우리는 현재를 선물이라고 말한다.

경제 안정은 기본이다

　　중년들의 로망은 자신이 원하는 일을 하면서 여생을 가족과 편안하게 살아가는 것이리라. 하지만 현실은 녹록치 않다. 가장 큰 걸림돌은 역시 경제력이다. 당장 회사를 그만두면 가족의 생계가 걱정이다. 이보다는 형편이 나은 경우에도 길어진 수명을 생각하면 여전히 경제력이 커다란 걱정거리이다. 국가운영뿐만 아니라 개인의 삶에서도 경제력은 매우 중요하다.

　　나라의 경제력이 허약하면 주변의 국가들이 무시하고 건드리기 일쑤다. 개인도 경제적 여유가 없다면 삶이 위축되기 마련이다. 매사에 자신감이 떨어지고 행동반경이 좁혀지며, 주변을 돌아볼 여유도 없어진다. 점차 친구들도 만나기가 귀찮아지고 두려워지기조차 한다.

경제력은 나이가 들어갈수록 더 큰 위력을 발휘한다. 실제로는 돈을 쓸 일이 그렇게 많지 않은데도 왠지 돈이 부족하다고 생각되면 자꾸 불안해진다. 이는 아마도 인생을 살아가다 보면 많은 돌발변수가 나타나기 때문일 것이다. 특히 나이가 들어갈수록 이런 돌발변수는 더더욱 많이 생기기 마련이다.

우리나라 사람들이 생각하는 중산층의 요건으로는 첫째도, 둘째도, 셋째도, 그리고 넷째도 모두가 경제력에 관한 것이었다. 즉 35평 이상의 아파트와 2,000cc급 승용차를 소유하고 있고, 은행잔고가 수억 원에 달하며 또 1년에 최소한 한 번 이상 해외여행을 할 수 있어야 한다는 것이다. 서구 선진국 사람들이 생각하는 것처럼 페어플레이fair play 정신을 갖고 있어야 한다거나, 최소한 악기 하나는 다룰 줄 알아야 한다는 등의 요건은 찾아볼 수 없었다. 또 누군가 '돈을 얼마나 가지고 있으면 행복할까?'라는 선문답을 던졌다. 물론 '다다익선多多益善'이란 답변이 가장 많았다. 그러나 개중에는 돈이란 자기가 살아가는 데 커다란 불편이 없을 정도만 있으면 이상적이며, 여기에 주변을 도와줄 수 있을 정도의 여유자금을 지니면 '금상첨화錦上添花'일 것이라는 답변을 내놓은 사람도 적지 않았다. 좀더 현실적인 결론은 돈이란 많이 모으려고 억지로 애쓸 필요는 없겠지만, 그래도 부족한 것보다는 풍족한 것이 더 낫다는 것이다.

중년으로 들어서면 현실적으로 새로운 소득을 창출하기가 어렵다. 그동안 모아둔 재산을 어떻게 안정적으로 그리고 효율적으로 관리하고 지출하는 것이 더 중요한 과제가 된다. 전문가에 따르면 은퇴후 모아놓은 금융자산을 관리하는 데는 일반적으로 다음의 3가지 원칙이 중요하다고 한다.

첫째, 되도록 원금을 지켜야 한다는 점이다. 은퇴 생활을 위해 준비해 둔 원금을 훼손시키지 않도록 노력을 기울여야 한다. 그리고 연금은 중간에 찾지 않도록 해야 하며, 필요하다면 강제로라도 묶어두어야 한다. 목돈을 가지고 있으면 유동성은 높지만 이를 써버릴 위험이 높다. 은행에 예금해 둔 돈은 지갑에 들어 있는 돈과 마찬가지다. 나이가 들면 목돈을 지출해야 할 곳이 많이 생긴다. 예를 들어 자녀교육비와 결혼비용에 허리가 휘청거리고, 좀더 쾌적한 주택을 장만하고 싶을 뿐만 아니라 좋은 차도 사고 싶다. 또 주위에서의 유혹도 많이 따른다. 주위에서 돈이 되는 좋은 사업이 있으니 퇴직금으로 투자를 해보라고 권하는 소리에 마음이 흔들리기도 하고, 자식이 자기사업을 하고 싶으니 도와달라고 손을 내밀 때면 고민이 된다. 그러나 이러한 유혹을 이겨내야 한다. 연금자산은 누구도 건드리지 못하는 최후의 보루라고 생각해야 한다는 것이다.

은퇴는 정기적인 소득의 공식적인 단절을 의미한다. 따라서 지금부터는 부의 축적이 아닌 부의 유지가 핵심이 되도록 해야 한다. 30대에는 투자로 인해 원금의 절반을 날리더라도 어떻게든 회복할 수 있겠지만, 60대에는 조금이라도 손실이 나면 커다란 충격에 사로잡히고 만다. 새롭게 벌어들이는 소득(수입)이 없기 때문이다. 드디어 은퇴했다는 자유로움과 손에 쥔 상당한 액수의 목돈으로 여유를 부릴 수도 있다. 하지만 은퇴자에게 원금은 종자돈 seed money이 아니라, 최종적으로 완성된 목돈이란 점을 중요하게 생각해야 한다.

둘째, 재산을 가만히 두지 말고 자산배분을 잘해야 한다는 점이다. 중년이 되면 물론 안전성에 초점을 두고 재산을 운용해야 하지만 그래도 일정부분은 투자를 해야 한다. 이는 인플레이션을 극복할 수 있는 방안이 될 뿐만 아니라, 또 언제 어떤 돌발변수가 발생해 생각외의 목돈이 들어갈 때를 대비하기 위해서다. 젊어서는 위험자산에, 그리고 퇴직이 가까워올수록 안전자산에 많이 배분하는 것이 일반적인 투자원칙이다. '100에서 나이를 뺀 숫자'의 비율만큼 위험자산에 투자해야 한다는 조언이 있다. 예를 들어 20세는 총금융자산 중 80%를 주식 및 주식형 펀드 등으로 채워야 하며, 30세는 70%, 40세는 60%, 50세는 절반 정도의 투자가 필요하다는 것이다. 이런 공식은 은퇴 후에도 유효하다.

셋째, 재산상속은 요령껏 해야 한다는 점이다. 많은 사람들이 조기에 아이들에게 전 재산을 물려주는 것은 피해야 한다고 말한다. 그렇지 않으면 아이를 의존적으로 만들 뿐만 아니라 나중에 아이들에게 구박받기 십상이기 때문이다. 또 어쩌면 냉정하게 들릴 수도 있지만,

인상파 화가들에게 영감을 준 에트르타 절벽

워렌 버핏은 "부자는 자기 자식들이 앞으로 무엇인지
할 수 있도록 도와주도록 해야지, 돈을 남겨주어
아무 일도 안 하도록 해서는 안 된다. 그리고 너무 많은
상속은 오히려 자녀들의 정상적인 사회활동을 망치게 할 수
있다."고 말했다. 날이 갈수록 이에 동감하는 사람들이
늘어나고 있다.

나의 노후를 책임질 사람은 나밖에 없다는 것을 명심해야 한다. 우리는 주변에서 일찍 자녀들에게 재산을 물려주었다가 나중에 그들에게 버림받고 비참한 노후를 보내고 있는 노인들을 종종 보게 된다. 또한 자녀들에게 조기에 재산을 물려주는 것이 자녀들에게도 바람직하지 않다는 생각이 갈수록 설득력을 얻고 있다. 이는 자녀들이 삶의 여정이라는 건축물을 차곡차곡 쌓아가는 데 어쩌면 걸림돌이 될 수 있기 때문이다. 물려받은 재산이 없었더라면 최선의 노력을 다해 스스로 삶의 길을 개척해 나갈 터인데, 물려받은 재산이 있기에 그냥 그 재산을 가지고 편안히 살 궁리를 하기가 쉽다. 이 경우 인생의 참맛을 모른다. 무언가 이루어나간다는 성취감을 느끼지 못한다는 것이다.

그래서 세계적인 부호들 중에는 자녀들에게 아예 재산을 물려주지 않거나, 상속을 하더라도 아주 일부만 하고 나머지는 사회에 기부할 것을 선언Giving Pledge하는 사람들이 나타나고 있다. 이런 운동에 먼저 불을 지핀 사람이 워렌 버핏Warren Buffet이다. 그는 미국 정부가 상속세를 폐지하려는 움직임을 보이자, 이에 적극 반대하고 나섰던 사람이다. 워렌 버핏은 "부자는 자기 자식들이 앞으로 무엇인지 할 수 있도록 도와주도록 해야, 돈을 남겨주어 아무 일도 안 하도록 해서는 안 된다. 그리고 너무 많은 상속은 오히려 자녀들의 정상적인 사회활동을 망치게 할 수 있다."고 말했다. 날이 갈수록 이에 동감하는 사람들이 늘어나고 있다.

건강이 제일이다

　"돈을 잃는 것은 적은 부분을 잃는 것이고, 명예를 잃는 것은 인생의 많은 부분을 잃는 것이다. 하지만 건강을 잃는 것은 인생의 전부를 잃는 것이다."라는 말이 있다. 돈이야 잃으면 또 벌면 되고, 한번 잃은 명예도 어려움이 있을지라도 열심히 노력해서 재평가를 받으면 다시 회복할 수 있다. 그러나 건강은 한번 해치면 다시 회복하기가 매우 어렵다는 뜻이다. 또 건강은 건강할 때 지켜야 한다는 말도 있다. 모두 건강의 중요성을 강조하고 있는 말들이다. 건강은 자신을 위해서도 중요하지만 주변의 사람을 위해서도 중요하다. 만약 건강을 해친다면 경제적·물질적인 부담은 물론이고 가족들에게도 정신적·육체적으로 커다란 부담을 준다. 특히 중년으로 들어서면 건강의 쇠퇴기로 접어드는 만큼 더 많은 관심과 주의를 요한다.

그러면 중년 이후에도 건강을 유지하려면 어떤 생활태도를 가져야 하는가? 이에 대한 전문가들의 견해를 소개한다.

첫째, 무엇보다 식생활에 조심해야 한다. 음식의 영양가를 따지는 것도 중요하지만 규칙적인 식사습관을 들이는 것도 중요하다. 특히 아침을 잘 먹는 것이 건강에 좋다고 한다. 아침을 안 먹는 사람들은 많은 경우 하루 종일 일에 집중하지 못하고 불안정한 모습을 보인다. 또 음식은 조금씩 자주 먹는 것이 한꺼번에 많이 먹는 것보다 나으며, 아무리 맛있더라도 절제할 것을 권하고 있다.

둘째, 운동을 규칙적으로 해야 한다. 전문가들은 운동은 면역력 상승과 혈액순환, 기억력 증가에도 도움이 된다고 한다. 즉 근육을 자주 많이 쓰면 뇌의 기억을 담당하는 부분과 그 주변의 혈액순환이 좋아져서 치매 예방도 된다는 것이다. 또 한꺼번에 무리하게 많은 양의 운동을 하기보다는 자기 몸 상태에 맞고 좋아하는 운동을 하라고 권한다. 그리고 나이가 들면 뛰기보다는 걷기가 건강에 더 좋다고 전한다. 또한 특별히 시간을 내고 비용을 들이지 않더라도 틈틈이 간단한 스트레칭을 하거나, 엘리베이터 대신 계단을 이용한다거나 혹은 자가용 대신 대중교통을 이용하는 등 일상생활에서도 얼마든지 운동이 가능하다고 말한다.

셋째, 규칙적인 운동만큼이나 충분한 수면을 취하는 것이 중요하다. 수면 시간과 질병·수명과의 상관관계는 이미 여러 연구를 통해 입증되었다. 한 연구결과에 따르면 수면시간이 뇌졸중이나 심장병에 영향을 끼친다고 한다. 그리고 잠을 너무 적게 자면 스트레스 호르몬이나 좋지 않은 호르몬이 비약적으로 증가하기 때문에 일찍 사망할 가능성이 높아진다고 한다. 또 잠을 잘 자려면 규칙적인 취침생활을 유지하고, 배고픈 상태로는 잠자리에 들지 않으며, 또 지나치게 폭신하거나 딱딱한 침대는 피하는 것이 좋다는 것은 익히 잘 알려진 사실이다.

넷째, 건강한 생활을 유지하기 위해서는 자신의 몸 상태를 청결하게 유지해야 한다. 외출에서 돌아오면 손을 깨끗이 씻는 것은 생활의 기본이며, 목욕을 즐기는 것은 피로회복을 위해서나 원만한 대인관계를 위해서도 중요하다. 나이가 들수록 몸에서 냄새가 나기때문에 목욕을 자주해야한다는 것이다. 담배를 끊고 술은 적당히 마시도록해야 한다. 담배는 본인뿐만 아니라 간접흡연을 통해 주변 사람들의 건강까지도 해친다. 이와 함께 주기적인 건강검진도 중요하다. 전문가에 따르면 가족 중에 질병이 있던 사람이 있으면 유전이 될 가능성이 높아서, 가족 중 질병 이력이 있다면 건강검진을 처음 받는 시기를 더 빨리 당기고 자주자주 검진을 받을 필요가 있다고 한다.

한편 이러한 육체적 건강관리와 더불어 정신적 건강관리가 중요하다는 것은 두말할 필요가 없다. 현대사회에서는 사람들의 일상생활

스위스 알프스 융프라우에서

하루에 몇 차례 웃을 일을 만들도록 하고,
또 웃을 때는 되도록 크게 소리 내어 웃는 것이
건강에 더 좋다고 한다.
우리 모두 웃으며 즐겁게 삽시다!

이 너무 바빠서 스트레스가 많이 쌓이는 편이다. 이를 방치할 경우 집중력 저하, 비만, 우울증 등이 생긴다. 스트레스를 풀기 위해서는 무엇보다 충분한 휴식시간을 가지는 것이 중요하다. 그리고 주변 사람들과의 유대감을 넓히고 소통을 하며 살아가는 것이 중요하다. 그러나 즐겁고 행복한 마음가짐을 가진 채 살아가는 것이 그 무엇보다 좋은 정신건강 비결이다. 하루에 몇 차례 웃을 일을 만들도록 하고, 또 웃을 때는 되도록 크게 소리 내어 웃는 것이 건강에 더 좋다고 한다. 어쩌면 이 웃음이 가장 중요한 건강비법일 수도 있다. 우리 모두 웃으며 즐겁게 삽시다!

- 긍정적이고 융통성 있는 생각을 하도록 하자!
- 무조건 참지만 말고 말로 표현해 보자!
- 용서하고 버리기를 습관화하자!
- 욕망을 줄이고 스트레스를 줄이도록 노력하자!
- 사회봉사 활동을 열심히 해보자!
- 자기 자신을 사랑하고 자기 자신을 기분 좋게 하는 활동을 해보자!
- 유머와 웃음이 있는 생활을 하도록 노력하자!
- 감사하는 생활을 하도록 최선을 다하자!
- 과거나 미래에 마음을 빼앗기지 말고 현재를 잘살도록 힘쓰자!

소통이 중요하다

　　"당신은 나이 들어 혼자 살게 된다면 무엇이 가장 힘들 것으로
생각하나요?" 아마 그것은 가슴에 사무치는 고독감일 것이다. 물론
혼자서 끼니를 때우고 설거지와 빨래를 하는 것도 쉬운 일은 아닐 것
이다. 그러나 정말로 견디기 어려운 것은 아무도 없는 텅 빈 집에 혼자
들어설 때 훅 끼쳐오는 쓸쓸하고 냉랭한 공기가 아닐까? 그래서 고독
은 죽음에 이르는 병이라고 하지 않는가. 우리 주변에 애완견을 키우
는 사람이 빠르게 늘어나고 있다. 특히 노인들이 애완용 개를 많이 키
운다. 이들이 애완견을 키우며 데리고 다니는 이유는 주인을 향해 무
한한 충성과 애정을 보여주는 애완견이 사랑스럽기도 하지만, 노인들
이 이들을 반려자로 삼아 고독을 달래려는 이유도 없지 않을 것이다.

누군가 곁에 있을 때는 그의 존재를 너무나 당연한 것으로 받아들이지만 막상 그가 떠난 뒤에는 그의 무게와 위치를 실감하게 된다. 더욱이 그가 자신에게 중요한 사람이라면 그에 대한 그리움이 폭풍우처럼 밀려올 것이다. 연인이나 배우자가 있는 사람이 더 건강하게 오래 살고, 또 짝이 있으면 심리적 안정감뿐만 아니라 사회적인 안정감을 느끼게 된다는 연구결과도 있다. 사랑하는 사람과는 기분 좋게 열심히 대화를 나눌 때는 물론이고, 말다툼 끝에 서로 한마디의 말도 주고받지 않고 냉전상태를 유지하고 있을 때도 서로 같이하고 있다는 그 자체가 위안이 되며 푸근함을 느낄 수 있다. 그러나 혼자라는 것은 아무래도 쓸쓸하고 불안하며 힘들다.

고독은 젊었을 때는 사람을 성숙하게 만드는 약이 되지만 나이가 들어갈수록 사람을 아프게 하는 병이 된다. 젊어서는 혼자 사색하면서 사고의 폭을 넓히고, 또 고독해야만 장래를 위해 공부하는 시간을 더 많이 가질 수 있다. 그러나 중년에 들어서면 그렇지가 않다. 혼자 사는 중년은 외견상으로 궁상맞아 보일 뿐만 아니라 내면적으로도 안정감을 잃게 된다. 이와 함께 나이가 들어갈수록 떠나보내는 데도 익숙해져야 한다. 자녀들이 나이가 차면 부모의 곁을 떠나고, 정년이 가까워지면서 좋든 싫든 정들었던 직장을 떠나야 한다. 그러면서 알고 지내던 지인들과의 관계도 점차 소원해지게 마련이다. 언젠가는 부부도 헤어지게 된다. 어차피 부부도 같은 날 같은 시각에 죽을 수는 없는 노릇이다. 그래서 중년부터는 이별 연습을 해나가야 한다. 그러나 이것이 말처럼 쉽지 않다. 어쩌면 인생살이에서 가장 어려운 과제 일지도 모른다.

이처럼 사람들 간의 소통은 우리 삶에서 매우 중요한 요소이다. 특히 나이 들수록 소통 기회를 넓히는 데 더 많은 노력을 기울여야 한 다. 은퇴했다고 집에만 있으면 없던 화병이 생길 수도 있다. 생활의 윤 기를 더하기 위해, 삶에 활기를 불어 넣기 위해, 치매에 걸리지 않기 위해서도 소통이 필요하다. 무엇보다 가족과의 원활한 소통이 가장 중요함은 두말할 필요가 없다. 특히 배우자와 자주 대화를 하는 것이 중요하다. 이는 배우자와 좋은 관계를 유지한 부부가 그렇지 않은 부 부에 비해 더 건강하고 오래 산다는 연구결과에서도 잘 알 수 있다.

자녀들과도 자주 대화를 나누고 그들을 이해하고 인정해 주려고 노력해야 한다. 그러면 나중에 사회적 지위와 경제력, 체력이 모두 없 어진 노인이 되더라도 여전히 사랑과 존경을 받는 아버지와 어머니로 남을 수 있다. 가정에서 가족 모두가 공감할 수 있는 가족가치를 찾아 내고, 서로를 사랑하며 또 서로의 꿈을 격려할 수 있는 가족관계를 유 지해 나간다면 중년은 희망이 있다. 가족은 마음을 나누고 서로에게 위로와 격려를 해주는 변함없는 공동체다. 가족은 힘겨운 하루의 피 로를 말끔히 씻어줄 수 있다. 세상 어디에도 가정 공동체만한 것은 없 다. 그 무엇으로도 설명할 수 없는 강력한 힘이 가족을 묶어준다.

아버지로서, 남편으로서 내 사랑이 가족들의 마음에
느껴졌을 때 자신 또한 가족으로부터 사랑받을 수 있다.
그러기에 근엄한 아버지보다는 친절하고 배려할 줄 아는
좋은 친구 같은 아버지가 되기 위해 노력해야 한다.

미국 화이트 샌즈 국립공원

그러나 가족이란 두 얼굴을 가지고 있다는 점도 명심해야 한다. 한편으로는 좋은 경험들과 사랑에 대한 추억, 인간에 대한 신뢰를 경험하지만, 다른 한편으로는 세상에서 가장 아픈 상처도 가족으로부터 받는다. 자신에 대한 절대적인 지지와 이해 깊은 사랑으로 대해줄 것이라고 생각하고 살았기 때문에, 작은 일에도 큰 상처를 받는 것이 가족이다. 그러기에 원활한 소통이 필요하다는 것이다. 따뜻한 언어와 격려, 사랑이 필요한 것이다. 가족들에게 사랑받고 싶다면 내가 먼저 가족들을 사랑해야 한다. 특히 가부장적 권위를 갖고 살아온 중년의 남자들이 더 신경을 써야 한다. 아버지로서, 남편으로서 내 사랑이 가족들의 마음에 느껴졌을 때 자신 또한 가족으로부터 사랑받을 수 있다. 그러기에 근엄한 아버지보다는 친절하고 배려할 줄 아는 좋은 친구 같은 아버지가 되기 위해 노력해야 한다.

친구들과 만남의 기회를 자주 갖는 것도 중요하다. 사실 마음 터놓고 이야기할 수 있는 친구는 소통하는 데 가장 중요한 채널이다. 나이가 들어갈수록 친구의 존재감은 더욱 커진다. 남아도는 시간을 같이 나누어야 하기 때문이다. 친구는 당연히 같이 지내온 세월을 공감하며 언제 만나도 스스럼없는 옛 친구가 좋다. 그러나 가까이에서 항상 대화할 수 있는 친구라면 더 좋다. 친구들과의 만남을 원만히 유지하기 위해서는 베풀고 배려하는 마음가짐이 중요하다. 항상 자신이 먼저 소식을 전하고, 약속시간보다 미리 나가서 친구를 기다리는 것이 바람직하다. 또 '기브 앤 테이크 give & take', 친구가 한번 밥을 사면 다음에는 내가 밥을 사려는 자세가 필요하다.

한편 좀더 폭넓은 소통 채널을 가지기 위해서는 사회활동에 적극 참여하는 기회를 가져야 한다. 어차피 사람은 사회적 동물이기에 주위 사람들과의 소통과 교류를 끊임없이 이어갈 필요가 있다. 어쩌면 사회와의 관계 단절이란 결국 죽음을 뜻하는 것일 수도 있다. 사회활동을 이어나가는 데는 각종 주제가 있는 포럼활동이나 친목을 다지기 위한 성격의 동호회 모임을 정기적으로 가지는 것도 좋은 방편이 될 수 있다. 사회봉사 활동은 더 바람직하다. 그동안 살아오는 과정에서 축적된 다양한 지식과 경험, 능력을 사회에 환원할 수 있는 길이 있다면, 노후생활이 얼마나 보람되고 행복하게 느껴질까? 이는 비록 현역에서는 은퇴해 뒷전으로 물러나 있지만, 사회봉사 활동을 통해 자신의 존재감이 여전하다는 것을 확인할 수 있기 때문일 것이다. 또한 사회봉사 활동은 우리 중년세대가 후배세대들에게 남겨놓은 미완의 과제들을 해결해 나가는 데 기여하는 방편도 될 수 있다.

봉사활동이란 결국 나눔의 실천이다. 나눔이란 꼭 돈이 많아야 가능한 것은 아니다. 만약 돈을 많이 벌어야만 나눌 수 있다고 생각한다면 어쩌면 우리는 평생 나눔을 못 할 수도 있다. 자신의 지식과 경험, 혹은 재능을 나눌 수도 있다. 시간을 나눌 수도 있고, 시선을 나눌 수도 있고, 생각을 나눌 수도 있고, 마음을 나눌 수도 있다.

내가 그의 이름을 불러 주기 전에는

그는 다만

하나의 몸짓에 지나지 않았다.

내가 그의 이름을 불러 주었을 때

그는 나에게로 와서

꽃이 되었다.

내가 그의 이름을 불러 준 것처럼

나의 이 빛깔과 향기에 알맞은

누가 나의 이름을 불러 다오.

그에게로 가서 나도

그의 꽃이 되고 싶다.

우리들은 모두

무엇이 되고 싶다.

나는 너에게 너는 나에게

잊혀지지 않는 하나의 의미가 되고 싶다.

– 김춘수, 〈꽃〉

취미생활은 여유이다

사람이 먹고사는 일에만 매달려 지내다 보면 강퍅해질 가능성이 크다. 이러한 우려를 완화해 주는 것이 바로 취미생활이다. 팍팍한 현대사회를 살아가는 우리들에게 취미생활은 가뭄의 단비처럼 지친 몸과 마음에 활력을 불어넣어 주는 존재이다. 삶을 풍성하게 해주고, 사람과의 관계성을 좋게 하는 촉매제 역할도 한다. 난생 처음 만난 사람이더라도 취미가 같으면 금방 서먹서먹한 분위기가 가시고 친숙함을 느끼게 된다.

중년이 되어 직장에서 퇴직을 하면 시간적인 여유가 생긴다. 그런데 여유시간이 많아지면서 이를 어떻게 알차게 보내느냐 하는 문제가 새로운 고민거리로 등장한다. 그래서 취미생활을 시작하게 된다.

즉 취미활동이 소일거리가 된다는 것이다. 대부분의 중년들은 그동안 바쁘게 사느라 어떻게 시간을 보내는 것이 즐거운지조차도 잘 모른다. 그러나 나이 들수록 취미생활은 자신뿐만 아니라 주위 사람들의 행복을 위해서라도 꼭 필요하다. 이는 자신이 어딘가에 몰두해 있으면 가족이 자신에게 관심과 신경을 덜 써도 되기 때문이다. 즉 가족을 자유롭게 해주는 방안이 된다는 것이다.

어떤 취미생활을 할 것인가? 각자의 개성과 취향에 따라 알맞은 취미활동을 선택하면 된다. 이때 시간적 요소, 건강, 그리고 경제 문제까지 고려해 결정해야 하는데, 특히 경제적으로 부담이 된다면 취미활동을 오래 지속하기가 어렵다. 따라서 되도록 돈이 덜 들어가는 취미활동이면 좋다. 또 등산과 같이 가족이나 친구 등 다른 사람들과 같이 어울려 나눌 수 있는 것이면 더 바람직하다. 어떤 식도락가는 취미로 요리를 배워보겠다고 나서기도 했다. 프랑스에서는 중산층으로 대접받으려면 최소한 자기만의 독특한 요리를 하나 정도 할 줄 알아야 한다.

선배 중에 커피마니아coffee mania가 있다. 그는 내게 커피에 대한 이론적인 지식을 전수해 줄 뿐만 아니라, 직접 원두를 로스팅 roasting해서 필요할 때마다 공급해 준다. 원두의 종류도 다양하다. 가장 대중적이면서도 부드러운 향과 맛을 지닌 컬럼비아 커피, 오랜 역사와 전통을 자랑하는 에티오피아산 모카커피, 하와이 섬의 화산지대에서 재배

되는 코나커피, 타는 듯한 강한 향과 구수한 맛을 지닌 스모크커피 과테말라 커피, 사향고양이의 배설 과정을 거치면서 만들어진 값비싼 루왁 커피까지. 이 선배 덕분에 나 자신도 점차 커피마니아가 되어가고 있다.

음악과 영화감상도 좋은 취미생활이 된다. 음악은 사람의 감정을 순화시키고, 자신의 감정을 대변하기도 하며, 다양한 분위기를 연출해 주기도 한다. 바흐의 음악은 경건함이 필요할 때, 모차르트는 경쾌함, 베토벤은 장엄함, 슈베르트는 감미로움이 우수에 젖어들고 싶을 때면 차이코프스키의 음악, 그리고 왠지 침울한 분위기가 그리워지면 말러의 음악을 들어보자. 그런데 항상 클래식만 듣는다면 지겨워질 수 있다. 그럴 때면 흘러간 올드팝old pop과 가요, 경음악과 영화음악들을 함께 즐기면 좋을 것이다. 영화를 통해서는 여러 가지 다양한 삶의 스토리를 간접적으로 체험할 수 있어서 좋다. 우리가 직접 가보지 못한 이국적인 세상의 모습을 볼 수 있고, 우리가 살아보지 못한 시대로의 시간여행도 할 수 있다. 또한 극 전체의 분위기를 클라이맥스로 끌고 가는 음악과 영상이 있어 한층 더 마음을 정화시켜 준다. 이와 함께 영화관을 찾아나서는 것 자체가 기분전환을 위한 나들이가 된다.

여행도 좋은 취미활동이 될 것이다. 여행이란 미지의 세계를 향해 훌쩍 떠났다가 자신이 살던 곳이 그리워질 때 다시 찾아드는 과정

미켈란젤로 광장에서 내려다본 피렌체 전경

우리들에게 취미생활은 가뭄의 단비처럼 지친 몸과 마음에
활력을 불어넣어 주는 존재이다. 삶을 풍성하게 해주고,
사람과의 관계성을 좋게 하는 촉매제 역할도 한다.
여행도 좋은 취미활동이 될 것이다. 여행이란 미지의 세계를
향해 훌쩍 떠났다가 자신이 살던 곳이 그리워질 때 다시 찾아드는
과정의 연속이다. 여행은 피곤하면서도 즐겁다.

의 연속이다. 여행은 피곤하면서도 즐겁다. 또 많은 것을 실제로 보고 듣고 배우게 된다. 그래서 여행 경험은 책이나 이야기를 통해 얻은 간접경험에 비해 훨씬 더 오랫동안 뇌리에 남는다. 세월이 지난 뒤에는 그때의 추억이 진한 향수를 자아내기도 한다. 여행을 떠나는 사람의 가슴속에는 새로운 것들에 대한 호기심, 모험심과 개척정신 같은 것이 담겨 있다. 여행을 통해 얻는 새로운 에너지는 우리 삶의 활력소가 된다. 그러므로 여행은 낭비가 아닌 새로운 창조의 과정이라 할 것이다. 더욱 중요한 것은 그동안 바쁜 일상생활에서는 가지지 못했던 가족과의 대화시간을 충분히 가질 수 있다는 점이다. 같이 노래도 부르면서 즐거운 시간을 갖는 동안 가족끼리의 추억거리를 만들게 되고 또 사랑을 쌓아갈 수 있다.

내게 특별히 기억에 남는 해외여행지 베스트 10을 꼽아보면, 캐나다 로키의 중심지 밴프와 자스퍼, 미국의 그랜드캐년과 화이트샌즈 국립공원, 스위스의 융프라우, 프랑스의 옹플뢰르 마을, 이탈리아의 피렌체, 독일의 로텐부르크, 오스트리아의 비엔나, 스페인의 코르도바이다.

캐나다 로키에는 끝없이 굽이진 골짜기 사이로 마치 우유를 쏟아 부어놓은 것 같은 빙하로 뒤덮인 거대한 산봉우리들이 우뚝 서 있다. 또 그 곁에는 오염되지 않은 순백의 빙하가 녹은 호수물이 햇빛에 반사되어 에메랄드빛을 발하고 있다. 마치 나 자신이 그 골짜기 속으로 빨려들어 갈 것만 같았다. 여기에 사슴, 산양, 곰 등 야생동물들이 마중을 나와 여행의 풍미를 한껏 더해준다.

미국의 그랜드캐년은 도도한 콜로라도 강의 물결이 수많은 세월에 걸쳐 대지를 침식시켜 만든 대자연의 걸작품이다. 말할 수 없이 웅장한 규모와 태고의 빛이 감도는 듯한 신비한 자태를 간직하고 있다. 자연에 대한 경외심이 절로 우러나오는데, 그 장엄함을 느끼기 위해 나는 이곳을 세 번이나 찾았다. 미국의 뉴멕시코 주에 있는 화이트샌즈 국립공원White Sands National Monument은 찾는 사람이 드물어 적막하기조차 한 모래언덕이다. 멀리 파란 하늘 위에 걸쳐 있는 흰구름과 끝없이 펼쳐진 하얀 모래밭이 하나의 선으로 만나는 곳, 언뜻 보기에는 흰 눈밭 같다. 그 하얀 모래를 한 움큼 들고 왔다.

나는 스위스에서 3년 동안 살면서 유럽의 이곳저곳을 다녀보았다. 우선, 알프스의 비경을 자랑하는 스위스의 융프라우는 수십 차례 여행하며 하이킹을 즐겼는데, 철마다 그 맛이 달랐다. 봄이면 이름 모를 야생화들이 흐드러지게 피어나고, 여름이면 방목한 소떼들의 방울소리가 정감을 더해준다. 또 목동이 산을 내려가기 시작하는 가을이면 언덕배기에 흩어져 있는 촌락들의 모습에서 적막함이 감도는데, 그 적막감 자체가 좋았다. 그리고 겨울이 찾아들면 알프스는 아름다운 순백으로 변하고, 밀려드는 스키어들로 활기가 넘친다. 또한 융프라우의 중심도시 인터라켄은 예쁜 그림엽서 그 자체이다.

프랑스에서는 인상파 화가들에게 영감을 일깨워준 옹플뢰르 마을과 에트르타 절벽이 인상적이다. 옹플뢰르는 대서양으로 흘러드는 센 강 하구에 있는 항구도시다. 자그마한 늪과 같은 모습의 포구에는 요트와 범선들이 한가로이 떠 있고, 그 위로 갈매기 떼들이 유유히 날아다닌다. 그리고 포구 한모퉁이에는 성당 모습의 돌담집이 자리하고 있다. 이는 금방이라도 내려앉을 것만 같이 허술해 보이면서도 포구의 전체 구도를 살리고 있었다. 모네 등 인상파 화가들은 다투어 이 아름답고 세련된 풍광을 한 폭의 캔버스에 담아냈다. 에트르타는 해안선에 인접해 우뚝 서 있는 바위절벽이 완전히 사람을 압도하는 곳이다. 오랜 세월 동안 침식과 융기를 한 결과 지금은 높이가 100미터나 되는 바위절벽이 병풍처럼 둘러쳐져 있다. 그리고 풍화 작용을 받아 아치 모양을 한 바위산이 그 옆에 나란히 붙어 있어 경관이 더욱 빼어나다. 이 높고도 장대한 바위절벽 위로 갈매기 떼들이 유유히 떠가고 있다. 그 바위산 위에 골프장이 조성되어 있는 것도 흥미로웠다.

이탈리아 르네상스의 발상지 피렌체, 정상에 위치한 미켈란젤로 광장에서 내려다보는 피렌체 시가지는 그야말로 꽃의 도시이다. 두오모 성당의 웅대한 돔과 베키오 궁전의 종탑, 그리고 끝없이 펼쳐진 붉은 지붕의 물결로 이루어진 스카이라인의 아름다움은 형언하기 힘든 환상 그 자체이다. 그 풍광을 영화 〈냉정과 열정 사이〉와 〈전망 좋은 방〉에서 잘 그려냈다. 또 단테와 베아트리체 간의 사랑과 운명을 갈랐던 베키오 다리도 피렌체의 감동을 더해준다.

독일에서는 낭만과 서정이 넘치는 로맨틱 가도, 그중에서도 중세의 분위기가 온전히 보전되어 있는 로텐부르크가 가장 인상에 남는다. 이곳은 한마디로 동화 속 마을이다. 차를 타고 들어서기가 미안할 정도로 아름다운 성문을 지나 성안으로 들어서면 거리 양옆으로 촘촘히 들어서 있는 중세풍의 건축물들은 애간장을 녹일 정도로 예쁘다. 마치 어린왕자가 타임캡슐을 타고 다른 우주에 불시착한 느낌을 받았다.

오스트리아 비엔나 숲속에는 수많은 호이리게들이 모여 있는데, 이들은 제각기 자기 집만의 분위기를 연출하고 있다. '호이리게'란 그해 수확한 포도로 직접 담근 포도주를 파는 일종의 선술집을 말한다. 고색창연하면서도 마당이 넓은 소박한 가정집 같기도 한 이 낭만의 장소에 어둠이 깔리면 사람들이 모여들기 시작해 밤늦도록 담소를 나눈다. 간혹 악사들이 여흥을 돋우기도 한다. 그리고 점차 비엔나 숲의 밤도 깊어간다.

스페인의 코르도바에는 이슬람과 기독교 문화가 공존하는데, 여기에 애절한 플라멩코 춤이 있어 더욱 풍미가 넘친다. 아랍인들은 스페인에서 완전히 축출되던 해인 1492년까지 약 700여 년 동안 이 땅을 지배했다. 코르도바는 오랜 기간 이슬람 세력의 중심지 역할을 해왔으며, 이슬람 문화가 찬란하게 꽃피웠던 곳이다. 물론 그동안 이곳을 재탈환하기 위한 가톨릭 세력의 저항도 만만치 않아 두 종교 세력 간의 공방이 무수히 이루어졌다. 가톨릭 세력이 이곳을 탈환한 이후에는, 자신들이 더 우월하다는 것을 과시하기 위해 이슬람 사원보다 좀더 높고 화려한 성당을 바로 곁에 세워놓았다. 그러나 이슬람 사원을 완전히 훼손시키지는 않았다. 이것이 바로 메스키타 ^{Mezquita} 성당 겸 사원이다. 지금도 코르도바에는 이슬람 문화와 기독교 문화가 나란히 공존하고 있다.

여행은 스토리가 있는 테마 여행도 좋지만, 그냥 즐기는 여행도 정신건강을 위해 좋다. 또 아련한 옛 추억을 찾아 떠나는 여행도 좋을 것이다. 그리고 나이가 더 들면 체력이 딸려 해외여행이 힘들어지므로 한 살이라도 더 젊을 때 장거리 여행을 다니는 것이 현명한 일이다.

종교생활은 플러스알파이다

"죽음이란 무엇일까?" 이 거창한 질문에 대해 슈바이처는 "더이상 모차르트 음악을 들을 수 없는 것"이라고 대답했다. 상당히 낭만적인 답변이다. 인간사가 시작된 이후 줄곧 이 질문에 대한 해답을 구하려고 노력해 왔으나 아직껏 그 누구도 이에 대한 명확한 답을 내놓지 못하고 있다. 사람들은 영생을 위해 미라를 만들어보기도 했고, 불로장생의 약을 구하려고 발버둥을 쳐보기도 했다.

의학이 발달하면서 여러 질병을 치료하는 약이 발명되었다. 그러나 죽음의 시기를 조금 늦추는 것은 가능해졌을지언정 영생을 얻기란 불가능하다는 것을 깨닫게 되었다. 해답 찾기를 단념한 인간은 종교에 심취해 천국으로 가는 희망을 간직하며 살아가기로 한다. 천국은 아무런 걱정 없이 행복하게 지낼 수 있는 미래세상이라고 한다. 그러나 그 천국이 아무리 좋다고 해도 지금 당장 천국으로 가겠느냐는 질문에는 어느 누구도 그렇다고 답변할 사람은 없을 것이다. 그만큼 죽음에 대한 두려움이 크다는 것을 방증하고 있다.

인생은 마치 캄캄하고 어두운 밤에 등불도 없이 더듬어 나아가 듯이 알 수 없는 운명을 향해 매일매일 허우적거리며 살아가고 있다. 그러다가 돌에 부딪치기도 하고 혹은 구렁텅이에 빠지기도 하며 고통과 실망과 번민을 하기도 한다. 또 아무리 물을 마셔도 갈증이 나기는 마찬가지다. 그러기에 그러한 일을 당하지 않도록 우리의 앞길을 환하게 비추어주는 등불을 가지고 걸어가는 것이 현명하다. 그러면 그 등불이란 무엇인가? 그것이 바로 종교이다. 종교宗教의 한자 의미는 '으뜸 되는 가르침', '근본적인 교훈'이라고 풀이된다. 사람으로서 마땅히 알아야 할 근본적인 문제, 즉 현실 이상의 영원한 문제를 가르쳐주는 것이 종교이다. 한편 종교Religion의 영어 어원은 '다시 묶는다'이다. 즉 하느님과 사람을 다시 묶는다는 것이다. 다시 말해 원래 묶여 있다가 끊어진 것, 즉 하느님과의 관계를 다시 묶어주는 것이 종교인 것이다.

동서고금을 통해 사람이 사는 곳에는 언제나 종교가 있었다. 프랑스의 한 심리학자는 "사람은 종교적 동물이다."라고 말했다. 사람은 식욕과 정욕 등 생리적 욕구와 마찬가지로 종교심을 가지고 있다. 제 아무리 무신론을 주장하는 사람이라도 위급한 상황에 처하면 자연히 절대자의 도움을 구하게 된다. 인간은 죽음에 대한 두려움을 가지고 있다. 과연 사후세계가 존재할까, 있다면 어떤 것일까? 나는 죽으면 어디로 가게 될 것인가? 나이가 들어갈수록 이러한 문제에 대해 더 심각하게 고민을 하게 된다. 이제 죽음은 자기 코앞에 닥친 현실적인 문제이기 때문이다. 인간이 사후세계를 인정하면 삶이 변화된다. 삶이 계속 이어진다는 걸 안다면, 보다 멀리 내다보고 보다 더 사랑과 자비심으로 모든 것을 대할 수 있다. 이것이 종교의 본래 목적이다.

사람들이 종교를 갖게 되는 계기는 다양하다. 모태신앙인 경우도 있고, 어떤 처절한 계기로 인해 종교에 귀의하는 경우도 있다. 그런데 가족을 따라다니다 종교생활을 하게 된 경우가 대부분인 것 같다. 특히 남자들은 은퇴 후 시간적 여유가 생기면서 종교를 갖는 경우가 많다. 그러다 시간이 흐르는 동안 마음의 문이 조금씩 열리면서 점차 종교생활이 일상으로 변화되는 모습을 흔히 볼 수 있다. 어찌되었든 그들은 종교생활을 하면서 세상의 분노를 삭이는 평정심 같은 것을 얻을 수 있었다고 한다. 그것이야말로 돈으로는 절대 살 수 없는 종교의 힘이 아닐까?

한 시대를 풍미했던 고급요정 대원각의 옛 주인이던 김영한 여사는 참으로 굴곡진 삶을 살아왔다. 만년에는 당시의 가격으로도 1,000억 원이 넘는 자신의 전 재산을 절에 시주하고, 자신도 불교에

중세의 보석, 독일 로텐부르크 시가지

인간이 사후세계를 인정하면 삶이 변화된다.
삶이 계속 이어진다는 걸 안다면, 보다 멀리 내다보고
보다 더 사랑과 자비심으로 모든 것을 대할 수 있다.
이것이 종교의 본래 목적인 것이다.

귀의했다. 그래서 탄생한 절이 원래의 대원각 자리에 들어선 길상사_吉
_{祥寺}이다. 그가 전 재산을 헌납하고 불교에 귀의하게 된 계기는 법정 스
님의 가르침인 '무소유_{無所有}'에 감화되었기 때문이라고 한다. 그는
"1,000억이 넘는 그 재산의 가치란 것도 내가 사랑하던 사람의 시 한
줄만도 못 하다."고 말했다.

오랫동안 한국의 대표적인 지성으로 알려진 이어령 씨는 과거
무신론자였다. 그는 칠십이 넘도록 지성과 이성의 힘으로 인생을 살
아왔다. 사람들로부터 많은 존경을 받으며 화려한 세상경력을 쌓았
다. 그런 그가 어느 날 갑자기 하느님을 찾았다. 자식 때문이었다. 딸
이 암에 걸려 아프고 점차 죽음을 향해 달려가고 있었다. 그러나 혈육
의 아버지로서 자식을 위해 아무것도 할 수 없었던 그는 자신의 무능
함에 통곡했다. 그리고 머릿속 지식 혹은 지성을 넘어서는 무엇이 있
다고 느꼈다. 마침내 그는 무릎을 꿇었다. 신을 찾는 발걸음은 그렇게
시작됐다고 한다.

나 하늘로 돌아가리라.
새벽빛 와 닿으면 스러지는
아침 이슬 더불어 손에 손 잡고
나 하늘로 돌아가리라.

노을빛 함께 단둘이서

기슭에서 놀다가 구름 손짓하면은
나 하늘로 돌아가리라.

이 세상 소풍 끝나는 날
가서 아름다웠다고 말하리라.

— 천상병, 〈귀천(歸天)〉

전원주택 생활은
아직도 꿈일까?

　젊을 때는 아이들이 다닐 학교의 학군이 좋거나 혹은 학원이 밀집해 있는 곳을 우선적으로 고려하여 가족들이 살 주택을 마련하려고 했다. 그리하여 자신이 마련한 주택에는 살아보지도 못하고 이리저리 전세방을 찾아 전세살이를 하며 지내는 경우도 많았다. 혹은 내 집 장만을 못했거나 투기에 편승해 집값 상승을 고대하느라고 수차례 이사를 다니기도 했다. 이에 지금의 중년들 중에는 자신이 원하는 집에서 살아보지 못한 사람이 허다하다. 그들은 이제는 자신을 위한 집을 장만하거나 스스로 집을 지어보려는 생각을 가지고 있다. 특히 전원주택 생활에 대한 동경을 더 많이 한다.

　그래서 많은 중년들은 언젠가 자신이 직접 설계한 집을 지어 살겠다는 원대한 포부를 지닌 채 살아가고 있다. 장소는 물론 도심을 벗어난 한적한 곳이다. 바다나 강이 내려다보이는 곳이면 더욱 좋을 것이다. 바다나 강 쪽으로 창을 내고, 창문을 통유리로 해두면 바다나 강이 한눈에 들어온다. 천장은 언제든지 열어젖힐 수 있도록 개폐식으로 하거나, 여의치 않으면 유리로 투명하게 하면 어떨까? 그러면 별을 보며 잠자리에 들 수 있을 것이다. 따뜻한 날에는 천장을 활짝 열어젖히면 맑은 공기를 방안에 가득 채울 수 있을 것이다. 앞마당에는 빨간 석류와 홍시나무, 모과나무 등 유실수를 심으면 좋을 것이다. 또 예쁜 홍매화와 담장 너머로 살포시 고운 얼굴을 내미는 새색시같이 수줍은 모습의 능소화도 심어보자! 향긋한 라일락 향기로 뜰을 가득 채워보면 어떨까?

봄이면 정원에 심어둔 유실수에서 연초록의 물이 오르며 화사한 봄동산으로 단장될 것이다. 뜰에 가득한 싱그러운 라일락 향기는 봄의 서정을 더해줄 것이다. 여름이면 반딧불이가 앞마당에 모여들어 한여름 밤을 꿈처럼 아름답게 밝혀줄 것이다. 이때 곁들여진 한잔의 서머와인은 한껏 더 느긋하고 로맨틱한 분위기를 연출할 것이다. 가을이면 뒷마당에서 수북이 쌓인 낙엽을 태우며 낙엽 타는 냄새를 즐길 것이다. 빨갛게 익어가는 홍시는 호젓한 가을의 서정과 풍광을 더욱 깊어가게 만들어준다. 겨울이면 벽난로를 피울 것이다. 그리고는 장작개비가 탁탁 소리를 내며 시뻘겋게 타오르는 벽난로 주변에 앉아 멘델스존의 〈바이올린협주곡〉을 들으며, 진한 커피의 향과 싸한 그

붉은 담쟁이로 뒤덮인 제네바 근교의 오래된 가옥

중년들은 언젠가 자신이 직접 설계한 집을 지어 살겠다는
원대한 포부를 지닌 채 살아가고 있다. 장소는 물론 도심을
벗어난 한적한 곳이다. 앞마당에는 빨간 석류와 홍시나무,
모과나무 등 유실수를 심으면 좋을 것이다. 또 예쁜 홍매화와
담장 너머로 살포시 고운 얼굴을 내미는 새색시같이 수줍은 모습의
능소화도 심어보자! 향긋한 라일락 향기로 뜰을 가득 채워보면 어떨까?

맛을 즐길 수 있을 것이다.

집 구조는 2층집으로 하고 방은 4개쯤이면 좋을 것이다. 1층에는 가끔 출가한 자녀들이 찾아오면 자고 갈 방, 또 멀리서 찾아올 손님을 위한 예비 방, 2층에는 안방과 서재를 마련한다. 때로는 며칠 동안 서재 겸 음악실인 그 방에서 지낼 수도 있을 것이다. 그럴 때면 턴테이블 볼륨을 최대로 높이고 이리저리 뒹굴거리며 여유를 즐길 수 있을 것이다. 마치 폐인처럼….

그런데 이런 꿈이 현실로 실현되기 위해서는 매우 중요한 전제 조건이 있다. 다름 아니라 아내의 동의가 있어야 한다는 것이다. 이는 새로 지을 집은 자신이 혼자 살 집이 아니라, 아내와 둘이서 살 집이기 때문이다. 그리고 대부분 여자들은 잔손일이 많아 귀찮고 불편한 전원주택 생활보다는 편리하고 관리비 부담도 적은 아파트 생활을 더 선호하기 때문이다. 내가 직장생활을 할 때 미국의 수도 워싱턴 근교에서 2년 동안 살았던 적이 있다. 단독주택이었고 집 앞뒤로는 꽤나 넓게 잔디밭이 깔려 있었다. 처음에는 한국에서 상상할 수도 없었던 잔디밭 생활을 경험할 수 있어서 너무나 행복해했다. 그런데 이 잔디밭이 보기에는 매우 좋지만 관리하기가 여간 힘든 것이 아니다. 봄에는 민들레를 뽑아 잔디를 보호해야 했고, 여름이면 하루가 다르게 무성해지는 잔디를 깎아야만 했다. 가을에는 매일 수북이 쌓이는 낙엽을 쓸어 치워야만 했고, 겨울이면 딸아이 키만큼이나 높이 쌓인 눈을 치운다고 혼쭐이 났다. 특히 집사람은 앞으로 다시는 결단코 단독주택에서 살지 않겠노라며 각오를 다졌다.

내게는 여전히 전원주택 생활이 로망으로 남아 있다. 그러기에 나는 전원주택 마련의 꿈을 가진 지 꽤 오랜 세월이 지나갔지만 아직도 집사람을 설득하고 있는 중이다.

남으로 창을 내겠소.
밭이 한참갈이
괭이로 파고
호미론 풀을 매지요.

구름이 꼬인다 갈 리 있소.
새 노래는 공으로 들으랴오.
강냉이가 익걸랑
함께 와 자셔도 좋소.

왜 사냐건
웃지요.

- 김상용, 〈남으로 창을 내겠소〉

아내에게 띄우는 편지

　　당신은 가족들과 함께하는 시간이 하루에 얼마나 되나요? 한국 가정의 가족 구성원들은 모두가 제각기 자신의 삶에 바쁘다. 하루 24시간도 모자랄 지경이다. 한국사회가 남성 본위의 사회이다 보니 남자들은 공사다망한 것이 당연할지도 모르겠다. 회사 업무도 바쁘지만 일과 후에도 원만한 인간관계 유지를 위해 업무로 맺어진 지인들과의 만남은 물론이고, 동창회다 친목회다 해서 음식점과 대폿집을 찾아 헤맨다. 그 중에는 자신의 바쁜 삶을 겉으로는 한탄하면서도 속으로는 이를 자신의 능력인 양 은근히 즐기거나 과시하는 사람들도 없지 않다.

　　당신은 평소에 가족과의 대화를 많이 하나요? 아마 대부분의 남자들은 이런 기회가 그리 많지 않으리라 생각된다. 우리 사회는 워낙 바삐 돌아간다. 아버지는 사업과 직장 일로 집을 비우기 일쑤이고, 아이들은 아이들대로 학교생활과 과외활동으로 바쁘기는 마찬가지다. 남편을 직장과 사회에 빼앗겨버린 부인들은 자연히 아이들에게 목을 맨다. 애들 뒷바라지하느라 자신의 인생은 거의 포기한 채 정신없이 살아가고 있다. 이런 상황에 처해 있다 보니 아이들이 자라면서 부모 품을 떠나기 시작할 무렵이 되면, 한국의 어머니들은 아이들에 대해 아쉬움과 상실감, 심지어는 배신감마저 든다고 한다.

서로 바쁘게 살다보니 가족끼리 차분히 앉아 흉금을 털어놓고 이야기를 나눌 기회가 거의 없다. 자연히 가족에 대한 사랑도 부족해질 수밖에 없다. 물론 가족과 대화를 많이 하는 가정도 있다. 그러나 이 경우에도 가족을 면전에 두고 자신의 가슴 깊은 곳에 있는 이야기를 꺼내기는 다소 어색하고 쑥스러울 수 있다. 이럴 때 자신의 생각을 편지로 써서 가족들에게 전달해 보는 건 어떨까? 물론 많이 어색하고 쑥스러울 수 있으나, 글로 자신의 생각을 전달하면 평소에는 할 수 없었던 보다 진지한 이야기들과 속내에 있던 깊은 마음까지도 전달할 수 있어 좋다. 또한 말로 이야기할 때보다 훨씬 더 정리된 생각을 전달할 수 있다.

지금의 중년세대들이 젊은 시절에는 컴퓨터가 보편화되지 않았다. 그 당시는 전화마저도 귀했던 터라 자연히 편지 쓰기에 익숙했다.

멀리 고향에 계신 부모님에게 글을 올리고, 다정한 친구에게 편지를 써 보냈다. 이제는 편지를 써본 것이 까마득한 옛날 일이 되어버린 것 같은 생각이 든다. 오늘 시간을 내어 그 옛날의 순수했던 마음으로 돌아가 편지를 써보면 어떨까? 당신의 마음속 깊은 생각들을 전하고 싶은 사랑하는 사람에게….

제네바 인근의 영글어 가는 포도원

아내에게

　뭐라고 말을 시작해야 할지 모르겠소. 평소 말을 아껴온 나이기에 불만이 많았을 것으로 생각되오. 서로의 감정을 진솔하게 표현해야 부부간의 정도 더욱 깊어진다고 하는데 그러지 못한 내가 원망스러울 때도 많았을 게요.

　오늘 창밖으로 잔뜩 찌푸린 잿빛 하늘과 스산한 찬바람에 낙엽이 우수수 지는 모습을 보면서 문득 당신과 함께 호숫가를 거닐고 싶었소. 그리고 호반에 위치한 산장이나 통나무집에서 하루를 지내며 이런저런 이야기들을 나누고 싶은 생각도 들었다오.

　당신과 함께 살아온 지도 벌써 30년이 지나 이제 아이들을 다 출가시키고 우리 둘만 남았소. 돌이켜보면 우리가 부부가 되어 지금까지 살아오는 동안 당신은 때론 엄마 같기도 하고 때론 친구 같기도 한 나의 다정한 동반자였소. 또 어떤 때는 딸처럼 응석과 애교를 부려 나에게 또 다른 살맛을 주기도 했지요! 당신은 내게 미더운 대화 상대였고 삶의 기쁨과 슬픔을 함께 나누는 반려자였다오. 내가 어려움에 처했을 때 당신은 조용히 기도하면서 내게 위로와 용기를 주곤 했지요. 또 당신은 가족뿐만 아니라 주위의 친인척과 지인들에게도 두루 정성을 다하고 다정다감하게 대해 주었지요!

　　이제 우리도 인생의 가을에 와 있소. 가을이 한편으로는 짧고 쓸쓸하며 애수를 자아내지만, 다른 한편으로는 그동안 씨 뿌렸던 모든 것을 거두어들이는 수확의 계절 아니오. 그래서 우리의 삶에 대한 책임도 한층 더 깊어가는 시기인 것 같소. 우리 이 가을을, 그리고 앞으로 남아 있는 세월을 좀더 뜻있고 행복한 시간들로 채워 나갑시다!

　　가끔 두려워져 지난밤 꿈처럼 사라질까 기도해

　　매일 너를 보고 너의 손을 잡고 내 곁에 있는 너를 확인해

　　창밖에 앉은 바람 한 점에도 사랑은 가득한걸

　　널 만난 세상 더는 소원 없어 바람은 죄가 될 테니까

　　살아가는 이유 꿈을 꾸는 이유 모두가 너라는걸

　　네가 있는 세상 살아가는 동안 더 좋은 것은 없을 거야

　　시월의 어느 멋진 날에!

내가 이 책을 쓰게 된 데에는 몇 가지 이유가 있다.

무엇보다 먼저, 지금의 중년세대들이 지난날들을 돌아보는 기회를 가질 수 있었으면 하는 바람이 있었다. 이 책을 읽는 독자들은 과거의 일들을 돌이켜보며 입가에 미소를 짓기도 하고 혹은 가슴을 쓸어내리기도 할 것이다. 당시로서는 가슴 아픈 일이었을지라도 세월이 많이 지난 지금은 이를 있는 그대로 담담하게 받아들일 수 있는 여유와 너그러움이 생겼을 것이다. 그래서 "아, 그때 그런 일들이 있었지. 바쁘게 살다 보니 그 일을 까맣게 잊고 있었네!" 하며 당시를 회상해볼 수 있는 시간을 나누고 싶었던 것이다.

다음으로, 우리 중년들이 가족과 나라를 위해 바친 열정과 희생,

이런 것들을 한번 정리하고 기록해 보고 싶었다. 지금의 중년들은 우리나라 현대사에서 많은 공헌을 한 세대들이다. 그들은 지금의 대한민국을 만드는 데 매우 커다란 역할을 해왔다. 물론 좋지 않은 유산도 적지 않게 남겨놓았지만 말이다. 그래서 이 책에는 지금의 중년들이 살아온 지난 행적들을 돌아보고 성찰함으로써, 우리의 후배 그리고 자식 세대들이 새로운 대한민국을 만들어나가는 데 참고로 삼았으면 하는 나의 소망도 담겨 있다. 그런데 "지금의 대한민국을 만드는 데 40대 후반부터 60대 초반의 중년들만 지대한 역할을 했다는 말인가?" 라고 이의를 제기하는 사람들도 없지 않을 것이다. 물론 중년들만의 공적은 결코 아니다. 당연히 오늘의 대한민국은 우리 국민들 모두가 힘을 모아 만든 것이다. 다만, 이 책은 그 엄혹하고 척박하던 시절, 나라를 일으키는 데 허리 역할을 했던 지금 중년세대들의 삶을 좀더 소상하게 조명해 보고자 했던 것이다.

또 다음으로는, 이제는 인생의 후반전을 살아가야 할 시점에 와 있는 우리 중년세대들이 남은 생을 잘 마무리하는 데 필요한 것이 무엇인지에 대해 서로의 생각과 의견을 나눠보는 기회를 가져보고 싶었다. 물론 대부분의 중년들은 이미 나름의 노하우를 가지고 있을 것이다. 그러나 일이 너무 바빠서, 맡겨진 임무가 너무 무거워서 또는 미처 생각이 닿지 않아서 인생 후반전 삶에 대해 숙고할 기회를 갖지 못한 사람도 있을 것이다. 또 그 중에는 지난 삶에 너무 익숙하다 보니 후반전 삶도 전반전의 페이스를 그대로 유지하며 살아가면 된다고 착각하는 사람도 있을 것이다. 그래서 중년세대들이 후반전 삶에 대해 함께 생각할 기회를 나눈다면 좋겠다는 바람이 있었다.

끝으로 이러한 나의 생각이 독자들에게 잘 전달되고, 중년세대가 남은 시간을 좀더 행복하고 보람 있게 보내는 데 도움이 된다면 이 책을 쓴 사람으로서 기쁨이 크겠다.

Some people run some people crawl
Some people don't even move at all
Some roads lead forward some roads lead back
Some roads are bat had in white some wrapped in black
Some people never get and some never give
Some people never die but some never live
Some folks they treat me mean some treat me kind
most of them go their way and don't pay me any mind
Time oh good good time where did you go
Time oh good good time where did you go

어떤 이는 뛰어가고, 어떤 이는 기어갑니다.
어떤 이들은 꼼짝도 안 해요.
어떤 길은 앞으로 나 있고, 어떤 길은 뒤로 돌아가지요.
어떤 길은 하얗게 뻗어 있고 어떤 길은 까맣게 포장돼 있어요.

어떤 이는 전혀 받지 않고, 어떤 이는 전혀 줄 줄 모르죠.

어떤 이는 절대 죽지 않는가 하면, 어떤 이는 전혀 사는 게 아닙니다.

어떤 이는 나에게 비열하게 굴고, 어떤 이는 친절하게 대해요.

그러나 대부분 제 갈 길을 갈 뿐, 내겐 마음을 쓰지 않습니다.

아, 그 좋았던 시절은 어디로 갔을까?

Sometimes I'm satisfied sometimes I'm not

Sometimes my face is cold sometimes it's hot

At sunset I laugh sunrise I cry

At midnight I'm in between and I'm wondering why

Time oh good good time where did you go

Time oh good good time where did you go

어떤 때는 행복하지만, 어떤 때는 그렇지 않아요.

어떤 때는 내 얼굴이 차갑지만, 뜨거울 때도 있습니다.

해가 질 때 나는 웃고, 해가 뜰 때는 울어요.

한밤중에 나는 어찌할 줄 모르죠, 왜 그런지 모르겠어요.

아, 그 좋았던 시절은 어디로 갔을까?

— 글렌 캠벨, 〈Time〉

아름다운 중년
중년예찬

초 판 1쇄 인쇄 2014년 9월 20일
초 판 1쇄 발행 2014년 9월 25일

지은이 | 이철환

펴낸이 | 김명숙
펴낸곳 | 나무발전소
디자인 | 이명재
교   정 | 정경임

등록 | 2009년 5월 8일(제313-2009-98호)
주소 | 서울시 마포구 합정동 358-3 서정빌딩 7층
이메일 | tpowerstation@hanmail.net
전화 | 02)333-1962, 1967
팩스 | 02)333-1961

ISBN 979-11-951640-6-6 03810